讓英文瞬間變強的
101個動詞

ちゃんと伝わる英語が身につく101動詞

阿部一 著　吳易尚 譯

目錄

學好動詞，英文能力就提升！

首先，我要問各位一個問題。本週六，你將在自己家裡舉辦生日派對。當你想要邀請其他人參加這個派對時，你會選擇以下哪一句英文呢？

A My birthday party, this Saturday. Please come and join. Okay?

B Why don't you come and join my birthday party this Saturday?

C I'd like you to attend my birthday party this Saturday.

D I should be delighted if you could attend my birthday party this Saturday.

事實上，這個問題沒有正確的答案。無論哪個選項，都是「通用英文」。若將英文的語氣轉換成中文，會是下述的樣貌。

A 我的生日派對在星期六。要來哦！沒問題吧？

B 這禮拜六要舉辦生日派對，你要來嗎？

C 能否請你出席本週六的生日派對呢？

D 若你能光臨本週六的生日派對，我會非常高興。

如果邀請的對象是朋友，那可以使用 A 或 B。A 只是一句單字並排而成的「片語英文」，或可稱為「生存式英文」，而 B 句比較完整，但無論哪一句，都不會有損對方的心情。

若是認識對方，或已經是朋友，只是交情尚淺，或是沒那麼要好的情況下，最好使用比較有禮貌的 C 句。A 句太過生硬、粗魯，而 B 句給人感覺過分親暱。

若對方是上司或是長輩，則 D 句較為合適。D 句表現得十分謙虛且有禮貌。若是用這種方法表達，無論對方是多麼難伺候的

個性，也不會使對方不高興。但若對朋友使用 D 句，對方會感到你刻意疏遠、不親近，或是過於浮誇，所以盡量避免向朋友使用 D 句（若將 I should 改成 I would 或是 I'd，給人較柔軟的印象）。

英文好的人，會因應場合使用合宜英文

各位有辦法依據對象，分別使用 A 句～D 句了嗎？A 句與 B 句似乎可以在日常生活中實際使用，但往往想不到 C 句與 D 句的用法。「不了解 B 句與 C 句語感的差別。」我想，大部份的人都是這樣。

如果將學習英文的人，劃分成「初級」、「中級」、「高級」三種程度，看著這本書的各位，我想應該是屬於「中級」程度。學生時期並不會不擅長英文，多益的分數也拿到還不錯的成績。雖然英文沒有非常流利，但在國外旅行的時候，還是有辦法做到某種程度的溝通。但是如果可以，希望英文能夠再更好一些。

這本書就是專為這些人打造。對於一開始的問題，腦中只能浮現 A 句的人是「初級」；可想到 B 句或 C 句，但沒自信能區分兩者使用方法的人，是「中級」；能夠理解 A 句～D 句的語感，並且可因應各種場面，自由且恰當使用的人的英語程度是「高級」。**「中級」者若要提升英文能力，重點就在於如何像這樣「因應場合或對象，使用合宜的英文」。**

英文只要能通就好？其實是行不通的

現在，全世界約有 20 億人，用著各種形式的英文，據說超過半數的人，他們的母語都不是英文。另外，在商務領域中，向全世界發送或是發表訊息時，大約 90% 都使用英文。

如此看來，將英語視為是一種外語而學習英文語，並用來溝通，是再「平常」不過的事情。數年前，主張由 1000～1500 個超基本詞彙組成、人人稱讚的「全球語（Globish）」的英語蔚為風潮，直到如今，即使在日本，學習英文的主流也似乎是以使用簡單詞彙組成的「生存式英文」為主。

也就是說，大部份人的想法都是，英文只要能通就好了——即使文法不正確、詞彙量短少，只要能夠保持熱誠、無所顧忌地表達，對方就能夠理解，很爛的英文也可以。

　　確實，若只是為期一週的出國旅遊，「生存式英文」應該夠用。但是，**想要築起長久的人際關係，或是想要取得工作夥伴的信任，「生存式英文」絕對無法辦到。**

　　常有人說，「英文沒有像日文的敬語，或是中文有禮貌的說法」，但事實上，英文的「單字選擇（word choice）」就可以符合各個場合。即使沒有像中文有「你」、「您」等區別，或是「吃」、「享用」、「品嚐」等變化，也能因應時間、地點、場合，在朋友之間、上司與下屬之間，或是正式場合中，使用合適的英文。

　　據說，人際關係的勝負關鍵，在一開始的三分鐘。尤其是**英語系的商務人士，在初次對談的三分鐘內，就能從彼此的打招呼，或是簡單的自我介紹中，看清對方的英文實力、教養，或是受過多少程度的教育等等。**

　　這三分鐘若只能說出「生存式英文」，對方很可能會認為「你不值得我深交」。因此，若認真想將英文用於留學或是商務領域，那麼英文就不能「只要能通就好」，而是一定要學會比「生存式英文」還要高深的英文，請各位銘記在心。

101個動詞，比1萬個單字還有幫助

　　英文約有 60 萬個詞彙量。受過高等教育的英語為母語者，並擁有某項專業，也就是俗稱「有教養之人」，大約可掌握 3～7 萬個詞彙量；其他大部份英語為母語者，大約也能使用一萬左右的英文詞彙。英語非母語的英文學習者之中，「初級者」大約能使用 1200～1500 個單字，「中級者」大約是 3000～5000 個詞彙量。換句話說，各位應該已經瞭解 3000～5000 個單字。

　　那麼，若想要提升英文能力，究竟要如何才好呢？若單純認為，因為已經學會 3000～5000 個單字，只要再額外增加 5000 個左右的單字量，那就可以與一般英語為母語者並駕齊驅，這也是其中一種做法，但就結論而言，可以發現這個方法的效率非常差。

假設從今天開始每日都背 5 個單字。一年 365 天 5 個單字＝1825 個單字。要學會 5000 個單字，需要花兩年以上的時間。而且，當終於背完 5000 個單字時，剛開始背的單字也已經忘記。

目前台灣學生從國小至國中的六年間，大約背誦 3000 個單字。重複學習、經過數次考試，好不容易才記得這3000個單字。若從這個角度去思考，我不認為背誦 5000 的單字，是件容易的事情。再者，若只是背誦單字的意思，記得「consist＝構成」，一定不知道單字的用法，無法知道在什麼場合下該使用什麼英文辭彙。

那麼，除了單純增加單字量，還有沒有更好的方法呢？

我認為，關鍵在於「動詞」。從「中級」邁向更高深的英文時，最快的捷徑就是學會有效使用「動詞」的方法，也就是這本書的主題。學會 101 個在日常生活及商務中常使用的重要動詞，英文實力就會有如跳躍般的進步。

學好動詞，就連配搭的名詞、副詞也學好

事實上，動詞是英文的核心所在。不僅是英文，語言大部份都由「動詞」、「名詞」、「形容詞」、「副詞」組成，但在英文的情況下，「動詞」所擔任的角色，猶如太陽系中的太陽，圍繞在周圍的行星，就是「名詞」、「形容詞」、「副詞」等。

讓我們用「refuse」（拒絕）這個動詞來舉例。

我試著收集了英語為母語者使用這個動詞的情形，發現有幾個單字，很常與這個動詞結合使用。例如：

The patient's body refuses transplant organs.（患者的身體排斥移植器官）

此種使用方法僅限於這個例句。另一方面，「refuse a proposal（拒絕提議）」、「refuse resolutely（堅決拒絕）」等措辭，也十分常見。若單純表達拒絕，用「reject」會比「refuse」合適。

也就是說，每個動詞都會常常與特定的幾個名詞或副詞配搭使用。**只要知道一個動詞的重點，並且能夠靈活運用，也就能夠同時記住常與該動詞搭配使用的名詞或是副詞。**

令人遺憾地，若是一個一個單獨背誦名詞或是形容詞，很難加

深英文程度。與其背誦 100 個名詞，確實掌握 100 個動詞、伴隨提升的詞彙量才會多且廣，而且能夠學會英文特有的表達方式。

而且，像這樣將動詞的組合記在腦海中的英文，才會是「道地的英文」，也就是英語為母語者不會覺得不自然的「流利英文」、讓他們「聽起來覺得舒服的扎實英文」。

因此，回到一開始所討論的，無論是因應場合或對象的差別，所使用的英文，其實都與動詞息息相關。因為某種程度的單字，往往會與同樣程度或等級的單字配合使用。也就是說，初級的動詞，常會與連小朋友都知道的簡單名詞或副詞一起使用；中級以上的動詞，因為使用的人都受過高等教育，所以很多時候都會與水準相當高的英文單字一同出現。

因此，提升動詞的等級，其他的詞彙自然也會跟著升級，最後將會提升英文整體實力。就如前面我所說的，動詞與其他單字的「配搭」，才能產生聽起來舒服的英文（comfortable English），容易傳達給英文為母語者。

因此，欲提升英文實力，首要目標就是「動詞」。

通用英文轉變為「扎實又熟稔的英文」

只要快速翻閱，就會發現書中的 101 個動詞，不是非常困難的單字，都是曾經在準備考試時背誦過的單字。沒錯，這本書中要介紹的，就是那些「已經知道，但無法活用的動詞」。為什麼會無法靈活運用呢？下列五點，是我歸納出來的原因：

原因 1：背誦的單字意思「無法派上用場」
原因 2：不知道單字與近義詞之間的差別
原因 3：不清楚經常使用的表達方式
原因 4：不論何時都能使用的初級動詞
原因 5：單字另有學校沒教過的意思

本書配合上述五個原因，將 101 個動詞以這五個方向為規劃，讓讀者可以學好這些動詞。

原因1：背誦的單字意思「無法派上用場」

⇒ 重新背誦「派得上用場的意思」

　　語言學習中，有種被稱為「類化不足」的現象，意思是從一開始學習語言，就保持著不正確的記憶方式，導致後來實力無法提升。例如「earn」這個動詞，學校教導的意思是「賺取」，但其實這只是「earn」的其中一種意思，這個動詞原本的意思是「努力取得」。

　　藉由重新背誦新的意思，我們就可以自然地使用出「earn respect（贏得尊重）」、「earn a degree（獲取學位）」等表現方式。這兩種說法，是英語為母語者很常使用的表現方式，但若只知道「earn＝賺取」，無法知道這兩種說法。

　　因此，PART 1將介紹 23 個英文單字，希望大家重新背誦「派得上用場的意思」，忘卻那些「無法派上用場的意思」。

⇒ 區分意思相似的單字的使用方法

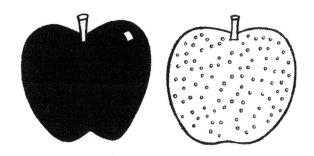

「Satisfy」與「content」，這兩個單字翻譯成中文，意思都是「使～滿足」。但是，這兩者使用上的語感卻有些微妙的差別。請試著閱讀下列的文章：

A I am satisfied with my current salary.
B I am contented with my current salary.

兩者的意思都是「我很滿意我現在的薪水」，但這兩句話所傳達的意境相當不同。A 所表達的，有一種「不會再奢望更多，非常滿足於現況並且覺得很幸福」的感覺；但是 B 帶有的是「並無不滿，僅滿足於現況」這種比較消極的滿足。

英文中有很多動詞，翻譯成中文雖然意思相同，但實際的語感卻有差異。若不清楚差別為何，很容易造成誤會，因此在 PART 2 裡，將講述如何區分使用這 13 組「相似動詞」。

原因3：不清楚經常使用的表達方式

⇒ 完整記下使用頻率很高的片語

大家應該都知道「refuse」這個動詞，翻譯成中文，意思是「拒絕」、「謝絕」，乍看之下好像是個很難使用的單字，但實際上「I have to refuse……（不得不拒絕）」這種表現方式，是英語為母語者經常使用的方式。

在 PART 3 中，我將介紹這些擁有片語特性、便利的動詞，只需要完整記住一個片語，不需要一個一個將句型或意思記在腦海裡，大致上就能靈活運用。

⇒ 區分初級動詞與中級動詞的使用方法

當我們想說：「我們來談論這個議題吧！」的時候，以下兩個句子，各位會選擇 A 句還是 B 句呢？

A Let's talk about this issue.
B Let's discuss this issue.

這不是對錯的問題，若是朋友之間，氣氛較為率直，可以用 A 句，但若是工作等較為嚴肅的場合時，選用 B 句較為合宜。重點在於能不能夠區分初級單字「talk」，以及更高深的單字「discuss」。

若欲表達「說話」時只想到一個動詞，就是「初級」英文，若腦海中浮現其他動詞，那就擁有「中級」以上的英文實力。在 PART 4 中，會說明如何區分使用的初級動詞及中級動詞。

⇒ 知曉「台灣人所不知道的意思」

下述這句英文，你認為是什麼意思呢？

He altered her records to manufacture an excuse to fire her.

正確的答案是「他為了要虛造一個理由解雇她，擅自修改了她的紀錄」。「Manufacture」這個動詞，學校教導的意思是「製造」，此外也有衍伸出來「捏造」、「藉口」等意思。但由於使用頻率不高，幾乎很少人知道這種表達方式。

在 PART 5 中，將介紹 16 個擁有「其他意思」的動詞，這些動詞可能大部份台灣人都不清楚，但實際上卻是英文為母語者時常使用的動詞。

因為工作的關係，我看過各個國家的人，我常常佩服亞洲人學習英文的熱衷程度，這樣的熱忱實屬難得，因此，我更希望各位的努力，能確實結出美好的果實。本書就是在這樣的盼望中誕生。希望大家在閱讀到最後一頁的時候，腦中將產生新的英文迴路，能夠使用英文表現的事情多到連自己都很驚訝！

阿部一

使用說明

貼心好禮「標準發音音檔」🎧

為了幫助讀者能更有效地掌握英語發音的訣竅，書中每個單字的「重要句型」旁，可以看到耳機的符號。讀者只要掃瞄旁邊的QR Code，就可以連結到網路上的檔案，聆聽標準的發音及語調。此音檔為作者特請美籍配音員來錄音，把書中101個動詞以及重要句型都朗讀過一遍。只要一邊聆聽，一邊練習發音，更準確地學習。

編註：若QR code無法掃瞄，請嘗試其他解讀條碼的軟體。

重新背誦「派得上用場的意思」

拋開曾在學校硬背的單字意思，
重新背誦 23 個動詞真正的意思，
就能隨時都用得正確、用得精準！

afford

[ə`ford]

使某人能夠從容做某事

重要句型 🎧

1 We cannot **afford** to lose another client.
（我們不能再失去客戶了。）

2 This **affords** me the experience I need to be competitive for a promotion.
（這使我能夠累積從升遷競爭中勝出所需要的經驗。）

3 She **was afforded** the opportunity to travel to the company's headquarters.
（她得到了去總公司出差的機會。）

4 This school **afforded** me the chance to study abroad.
（這間學校給了我出國唸書的機會。）

「買得起」▶「使某人能夠從容做某事」

　　「I can/can't afford a new car.（我買得起／買不起新車）」，這個典型的句子表現，是大家在準備英文考試時，會記在腦海裡的句子。因此，很多人會將這個單字，記憶成「擁有能夠買得起某物品的財力」。

　　但是，「afford」原本的意思不僅限於金錢方面，而是表示某人能「從容」於各種事物上。「afford」時常與受詞結合使用，像是「afford an/the opportunity（給予機會）」、「afford an/the ability（給予能力）」、「afford an/the experience（提供經驗）」等等。另外，像是例句 ❶ 的「afford to do」也可以說是「能夠做某事」。

　　「afford」是個相當好用的動詞，只要記住結合金錢以外的詞彙，就能立刻擴大運用範圍。

Questions

　　請試著用「afford」將下列句子換成英文。

❶ 長假（extended leave）是學習技能的機會。

❷ 那間公司沒有餘力可以繼續進行基礎研究（basic research）。

Answers

❶ 「afford the chance to do」有表示「給予做某事的機會」的意思，所以正確解答為：
　 An extended leave will afford you the chance to acquire skills.
　 若是絕無僅有的機會，可以使用「the chance」。即使這次不行，下次還有很多次機會時，使用「a chance」比較好。「長假」也可以改成「long leave」或是「long vacation」。

❷ 「afford to do」表示「能夠負擔起某事」，所以正確解答為：
　 That company cannot afford to carry on the basic research.
　 「carry on」也可以用「continue」來替代。

arrange

[əˈrendʒ]

將凌亂的東西整理或調整成某一形狀

重要句型

1. She **arranged** everything for my trip to Atlanta.
   （她安排了所有我去荷蘭旅行的大小事情。）

2. A meeting has **been arranged** for 10:00 this morning.
   （會議安排在早上十點。）

3. I want to learn how to **arrange** flowers.
   （我想學習如何插花。）

4. My parents had an **arranged** marriage.
   （我的父母是相親結婚的。）

「整理」▶「整理凌亂的事物」

　　我們所熟悉「arrange」的意思，其實與原本意思不太相同。「arrange」本來的意思是「整理凌亂的事物」，例如，我們會用中文說「我會安排（arrange）我的行程」，但英文只有第一次安排時才會說「I will arrange my schedule」。之後若加入別的行程，也就是所謂「reschedule」的情況下，比較少使用「arrange」，而是會使用「change（改變）」，或是「alter（變更）」，當然也可以使用「reschedule」。

　　其他像是我們常使用「調整已有形體的事物」，像是「整理（arrange）髮型」、「修改（arrange）衣服」，可以用這個動詞表現「change/alter hairstyle、mend/alter a dress」。

Questions

　　請試著用「arrange」將下列句子換成英文。

❶ 這件襯衫的袖子太長，可以幫我修改嗎？

❷ 因為有約在先了（previous engagement），我調整行程後再與您聯絡。

Answers

❶ 若是手工修改袖子，會使用「mend」。「袖子」的英文是「sleeve」，所以正確解答是：
Would you mend my shirt? The sleeves are too long.

❷ 這個情況下，可直接使用「arrange a schedule」，正解是：
Since I have a previous engagement. I'll arrange my schedule and let you know.
重新安排行程，可以使用「rearrange/alter/reschedule/change」。

cause

[kɔz]

因為某個原因，引起不好的事情

重要句型 🎧

❶ Bad posture **caused** his back pain.
（他因為姿勢不良，造成背痛。）

❷ Lack of sleep can **cause** depression.
（睡眠不足可能會引發憂鬱。）

❸ The flood has **caused** severe damage to the area.
（洪水造成該地區嚴重的損害。）

❹ The car accident **caused** a heavy traffic jam on the freeway.
（那個車禍造成高速公路堵車。）

「原因」▶「引起不好的事情」

　　「cause」中帶有「引起不好的事情」的語感，所以原則上，受詞會使用帶有負面意象的名詞，像是例句中的「pain（疼痛）」、「traffic jam（交通堵塞）」、「depression（憂鬱）」、「damage（損害）」等等。

　　另外「cause」也常與自然災害（natural disaster）、事故（accident）、疾病（disease）等名詞一同使用，較難與「happiness（幸福）」、「peace（和平）」等有正面印象的名詞一同使用，需多加注意。

　　例如：「嬰兒的誕生，被認為是件幸福的事情。」這句話在句型上雖然可説成「Having a baby is supposed to cause you to have happiness.」，但「Having a baby is supposed to bring you happiness.」這樣的表現方式比較受到青睞。

(Questions)

　　請試著用「cause」將下列句子換成英文。

❶ 那個車禍引起大塞車。

❷ 阿茲海默症（Alzheimer's disease）有可能會引起記憶障礙。

❸ 因為她走得慢吞吞，所以我遲到了。

(Answers)

❶ 正確解答是：The car accident caused a heavy traffic jam。

❷ 「記憶障礙」的英文是「memory problems」，所以正解為：Alzheimer's disease may cause memory problems.

❸ 正確答案：She caused me to be late by her walking slowly.
可解釋為「因為她的○○，引起（造成）我××」。

demonstrate

[ˋdɛmən͵stret]

為了使他人瞭解，而示範過程

重要句型

1 He **demonstrated** how the tablet PC worked.
（他示範了那台平板電腦如何運作。）

2 Now watch as I **demonstrate** these steps in detail.
（現在請看我接下來仔細示範的那些步驟。）

3 My job is to **demonstrate** educational software.
（我的工作要實際演練教育軟體。）

4 Researchers **demonstrated** a relationship between smoking and cancer.
（研究人員展示了抽菸與癌症的關聯性。）

「論證」、「說明」▶「做給他人看」

「demonstrate」的意思是「做給他人看」，這是一個在他人面前示範料理的作法、商品的使用方式時一定會使用到的動詞，特別是在工作場合中，使用的頻率非常高。最典型的使用方式，就是銷售人員經常會在顧客面前說：「Let me demonstrate how to use this. / I will demonstrate how to use this.（讓我來示範這個商品的使用方式）」。

同樣是「說明」的意思，也可以使用「explain」這個詞彙，若是視覺上的傳達，可以用「show」。相對於上述動詞，「demonstrate」是使用於讓他人實際看到具體的過程。例如，在發表的當下要讓大家看幻燈片，想表達「讓我來說明吧！」的時候，使用「I will demonstrate~」是錯誤的，正確的使用方式為「I will show you~」。

(**Questions**)

請試著用「demonstrate」將下列句子換成英文。

❶ 讓我來說明如何使用下星期即將引進的新軟體。

❷ 那個應用軟體（application software）會說明烹飪的步驟。

❸ 請按照實際流程（the actual procedures），示範給我看。

(**Answers**)

❶ 「引進」為「introduce」，所以正確解答為：
I will demonstrate how to use this new software we are introducing next week.

❷ 若是日常對話，「應用軟體」可用省略說法「app」。「料理的步驟」則用「how to prepare a recipe」表現，所以正解為：
The application software demonstrates how to prepare a recipe.

❸ 「按照實際的流程」也可用「the actual steps」。這一句用以下表達方法會很不錯：
Please demonstrate the actual procedures.

disclose

[dɪs`kloz]

讓他人看見至今為止隱藏的事物

重要句型

❶ She **disclosed** to me that she had been promised the job.
（她向我透露她已經找到工作了。）

❷ He **disclosed** to me that he had committed a crime.
（他向我透露他犯了罪。）

❸ He never **disclosed** his intentions to us.
（他從來不透露他的意圖。）

❹ I cannot **disclose** any personal information.
（我沒有辦法透露任何個人資料。）

「公開」▶「讓他人看見隱藏的事物」

　　「disclose」本來的意思是「讓人看見至今為止隱藏或祕密的事物」，可以用在「透露資訊」、「爆料緋聞」等帶有負面印象的表現上，也可以使用於一般的發表及公開場合，像是「蘋果發表了iPhone 6（Apple has disclosed the iPhone 6）」;「在會議中介紹新方案（disclose a new project in a conference）」等等。

　　「disclose」是在寫作中出現頻率很高的動詞，將下列經常與「disclose」一同出現的受詞背誦起來，有利於往後的使用。

- disclose information（公開資訊／洩漏資訊）
- disclose a secret（透露祕密／爆料祕密）
- disclose data（宣布資料）
- disclose details（透露詳情）

Questions

　　請試著用「disclose」將下列句子換成英文。

❶ 在昨天的會議中，他第一次透露了本專案的真正目的。

❷ 我們無法透露任何有關顧客的資訊。

Answers

❶ 「透露至今為至隱瞞的事物」正是使用「disclose」的場合。正確解答為：

He disclosed the true purpose of this project for the first time at yesterday's meeting.

❷ 「有關顧客的資訊」為「information about customers」，正確解答為：

We cannot disclose any information about our customers.

earn

[ɝn]

取得某樣事物，做為努力的報酬

重要句型 🎧

❶ He **earned** a bachelor's degree at UCLA.
（他在UCLA取得了學士學位。）

❷ The team **earned** their country's third gold medal of the Olympics.
（那支隊伍榮獲他們國家的第三面奧運金牌。）

❸ He has **earned** the respect of his colleagues through his hard work.
（他藉由認真工作，獲得同事們的尊敬。）

❹ I have to **earn** their trust first.
（首先我必須贏得他們的信任。）

「賺取」▶「藉由努力獲得某事物」

　　通常聽到「earn」這個單字，第一個浮現的意思就是「賺取」，並且習慣與「金錢」結合使用，例如「earn money（賺錢）」、「earn income（賺取收入）」、「earn a living（賺取家計）」等等。實際上「earn」也常常結合「金錢以外的名詞」使用，例如「earn a reputation（取得名譽）」、「earn respect（贏得尊重）」、「earn a degree（取得學位）」等形式。「earn」本來的意思就是「藉由努力，取得某事物」，重新了解「earn」原本的意思，就能一口氣增加運用的範圍。

◆ 補充重點

　　「earn」的意思是取得某樣事物，做為努力的報酬，若想表達賭博、或中獎等方式獲得的金錢」時，不適合用「earn」。

× I earned a lot of money while gambling in Las Vegas.

○ I won a lot of money while gambling in Las Vegas.

Questions

　　請試著用「earn」將下列句子換成英文。

❶ 我從日本的大學畢業後，在美國取得了碩士學位（master's degree）。

❷ 在新的職場中要獲得信賴，是非常困難的事情。

Answers

❶ 「取得學位」是「earn a degree」，所以正確解答為：
After graduating from (a) university in Japan, I earned a master's degree in the US.

❷ 「取得信賴」的表現方式為「earn trust」，正確解答為：
It is hard to earn trust in a new workplace.

employ

[ɪm`plɔɪ]

採取某個事物，並善加利用

重要句型

❶ We should **employ** a number of different methods.
（我們應該嘗試各種不同的方法。）

❷ Our engineers have decided to **employ** the same technique.
（我們公司的工程師決定要採用相同的技術。）

❸ The ancient warriors **employed** hammers as weapons of war.
（古時候的戰士使用鐵鎚，作為戰爭的武器。）

❹ My grandmother **employs** her leisure time wisely.
（祖母很會利用瑣碎的時間。）

「雇用」▶「巧妙利用」

　　「雇用」只是「employ」的其中一個意思，本來的意思是「巧妙利用」。例如「employ a new method（用新的方法）」、「employ spare time in~（使用閒暇時間在～）」、「employ a hammer as a weapon（使用鐵鎚當作武器）」等等，使用的範圍非常廣泛。若只記得「employ＝雇用」，絕對無法想出這些表現方式。另外「employ oneself in doing」的意思是「花時間在～」，這也是經常用於寫作的詞彙，事先記起來有利於往後使用。

◆ 補充重點

　　與「employ」同樣擁有「雇用」意思的動詞，還有「hire」。「hire」指的是「付錢暫時雇用某人」，「employ」的意思則是「持續地正式雇用某人，擔任某專任職位」。因此在旅遊當地雇用臨時的導遊或翻譯，或是短期雇用公司外部的會計、顧問、律師等場合時，使用「hire」會比較合適。

Questions

　　請試著用「employ」將下列句子換成英文。
❶ 我們採用了新的治療方法。
❷ 雇用公司外部的顧問（outside consultants）會比較有效率。

Answers

❶「採用方法」的典型英文表現是「employ a method」。「新的治療方法」為「new method of medical treatment」，所以正確解答為：
We have employed a new method of medical treatment.

❷ 因為是「公司外部的顧問」，並且考慮到是「暫時性的雇用」所以用「hire」這個動詞。正確解答為：
It is more efficient to hire outside consultants.

engage

[ɪnˋgedʒ]

全力參與某件事物

重要句型 🎧 ▦

❶ The speaker tried to **engage** the audience by telling a story.

（演講者試圖用講故事來吸引觀眾。）

❷ Mr. Smith is entitled to **engage** in legal practice here in Tokyo.

（史密斯先生擁有能在東京從事律師業務的資格。）

❸ She **engaged** me in conversation as soon as I arrived at the office.

（我一到辦公室，她就找我聊天。）

❹ She is good at **engaging** her students with the materials she presents.

（她很擅於讓學生製作她提出的教材。）

「使訂婚」▶「從事」

　　說到「engage」，讓人最熟悉的就是婚戒，並衍伸出「訂婚」的意思，也讓人方便好記。「婚約」通常都是以被動形式「get engaged」出現，「有婚約」的狀態用「be engaged」表示。

　　但在實際會話或是文章中，使用頻率較高的意思是「從事」，像是引起他人注意時（例句❶）、邀請他人參與某事時（例句❸）、對某事很熱衷時（例句❹）等等。其他也有像是「engage a couple of workers（雇用數名工作人員）」、「engage a room（使用房間）」等表現方式。另外，也有配搭「in」一同出現的表現方式，像是engage in agriculture（從事農業）」、「engage in social activities（參與社交活動）」等，也就是例句❷的句型。

Questions

　　請試著用「engage」將下列句子換成英文。
❶ 他這個工作做多久了呢？
❷ 在今後，日本企業會雇用越來越多取得國外資格的律師吧！
❸ 他在發表的一開始，就用笑話引起大家的注意。

Answers

❶ 「be engage in~」用來表示「從事～」，所以解答是：
How long has he been engaged in this business?

❷ 「取得國外資格的律師」是「overseas-qualified lawyers」。正確解答為：
More and more Japanese companies will employ overseas-qualified lawyers to engage in legal practice.

❸ 「引起他人注意」的典型表現為「engage one's attention」。正確解答為：
He engaged everyone's attention by beginning his presentation with a joke.

expedite

[ˈɛkspɪˌdaɪt]

俐落地結束某事物

重要句型

❶ Please **expedite** the delivery of the package.
（請盡快交付您的行李。）

❷ We need the information right away to help **expedite** the procedure.
（為使手續能更快速完成，我們必須要現在知道該資訊。）

❸ To **expedite** negotiations, remove as many barriers as possible.
（為了能加速談判，請盡量解決問題。）

❹ Stamped envelope is provided to **expedite** your reply.
（為了讓您能更快回信，我們準備了貼好郵票的信封。）

「促進」▶「迅速結束某事物」

　　「expedite」在日常生活中不常使用，本來的意思是「使（談判或計畫）加速執行」、「使（工作）俐落結束」。若用初級單字表示，「expedite」幾乎與「speed up」、「hurry」或是「hasten」等詞彙的意思相同。

　　但事實上，「expedite」這個動詞在談判等商業種領域中，使用的頻率非常高，特別是經常使用於下述的表現方式，比起使用「speed up」或是「hurry」等詞彙，「expedite」給人非常專業的印象。不妨記下來，有利於往後使用。

- expedite an order（加快訂單）
- expedite the delivery（提早交貨）
- expedite payment（馬上完成付款）
- expedite the procedure（加速過程）

Questions

　　請試著用「expedite」將下列句子換成英文。

❶ 讓我們快點把工作處理完吧！

❷ 因為沒時間了，能不能快點完成手續呢？

❸ 我會儘早完成付款。

Answers

❶ 正確解答為：Let's expedite this task!
　　若是日常會話，可以使用「Let's get this task over with.」等比較輕鬆的表現方式。

❷ 這是常在工作場合中出現的情況。正確解答為：
　　I don't have much time. Would you expedite the procedure?

❸ 正確解答為：
　　I will expedite payment as soon as possible.

extend

[ɪk`stɛnd]

向外表示某事物

重要句型

❶ I wanted to **extend** my holiday for a few more days.
（我想要延長我的假期幾天。）

❷ They **extended** invitations to the new neighbors.
（他們向新的鄰居發出邀請函。）

❸ We'd like to **extend** our thanks to all our current members for their support.
（非常感謝各位會員的支援。）

❹ I'd like to **extend** my sincere condolences on the death/loss of Mr. Smith.
（在史密斯先生逝世之際，我致上誠摯的哀悼之意。）

「延長」「擴展」▶「表達心意」

　　據說，有能力的歐美商務人士，在初次見面的三分鐘內，就能判斷對方的教育程度。這時候，能不能有「機靈的表現」、「高超詞彙的用法」是重點所在，而「extend」正是其中的典範。

　　在考試英文中，多數人都以為「extend＝延長、擴展」。但實際上，除了這些意思，這個動詞也常用於「（將情感等向外）表達」、「捐助」等表現。例如：「extend one's gratitude / extend one's thanks（表達某人感謝之意）」、「extend one's condolences（表達某人哀悼之意）」、「extend one's warmest welcome（表達由衷歡迎）」等，只要能學會上述等表達方式，就能一口氣提升對方對你的印象。

（Questions）

　　請試著用「extend」將下列句子換成英文。

❶ 謹致上誠摯的哀悼之意。
❷ 我想要表達我對各位工作人員的感謝之意。
❸ 我由衷地歡迎各位的到來。

（Answers）

❶ 正解為：I'd like to extend my sincere condolences.
此為慎重哀悼文的固定表現方式，不妨就這樣直接背誦起來。

❷ 正確解答為：I'd like to extend my thanks to all the staff.
也可以用「gratitude」替代「thanks」。

❸ 「由衷」可用最高級的「warmest」來表現。正確解答為：
I'd like to extend my warmest welcome to all of you. 或 I would like to extend to all of you my warmest welcome.
前者現在較為廣泛被使用，後者則是強調「由衷歡迎」的句型，雖是很有禮貌的說法，但會給別人有點過時的印象。

facilitate

[fə`sɪlə,tet]

使其簡單

❶ Blogging in school can be a strategy to **facilitate** learning.
（在學校落實部落格的使用，能作為促進學習的策略。）

❷ Japan is expected to **facilitate** the role of peacemaker in today's world.
（在現今的世界裡，日本被期待能更積極地擔任和事佬的角色。）

❸ I bought a book on coaching which will greatly **facilitate** my work.
（我買了一本似乎對工作很有幫助的指導書籍。）

❹ My friend established a business center to **facilitate** doing business.
（我的朋友為了方便做生意，成立了一個商務中心。）

「促進」▶「使簡單」

在日本，常常會稱呼會議主持人為「facilitator」，但或許知道真正意思的人並不多。原本「facilitate」指的是「使事物簡單」的意思，從而衍伸出「促進」、「幫助」、「輕鬆」、「容易」等意思。而「facilitator」的意思就是「為使事物更順利進行，而給予幫助的人」的意思。只要將「facilitate＝使簡單」記在腦海裡，下次就會運用這個詞彙。

- facilitate driving（使開車更輕鬆）
- facilitate one's work（使工作圓滑進行）
- facilitate language acquisition（使語言學習更容易）
- facilitate digestion（幫助消化）

Questions

請試著用「facilitate」將下列句子換成英文。

❶ 因為你的幫忙，工作應該能更順利地進行。

❷ 因為受過語言訓練課程（language training program），所以學習中文時多少可以簡單些。

❸ 他創新的想法，是解決問題的幫手。

Answers

❶ 正確解答為：Your help will facilitate our work.

❷ 有幾個表現方式可以表達文中「多少」的意思，像是「in some degree」、「somewhat」、「to some degree」等。正解為：
The language training program facilitated my learning Chinese to some degree.

❸ 「解決問題」的英文是「solution to the problem」，正解為：
His innovative idea facilitated the solution to the problem.

gain

[gen]

花些時間，逐步獲取重要的事物

重要句型

❶ He accepted that position to **gain** experience with global markets.

（他為了獲得全球市場的經驗，接受了那個職位。）

❷ Will I **gain** fame if I challenge and beat you?

（如果向你挑戰並戰勝，我會獲得名聲嗎？）

❸ As the CEO, how do I **gain** confidence in my leadership abilities?

（身為CEO，我該怎麼做才能對自己的領導能力有自信？）

❹ I have **gained** specialized knowledge and skills over the last/previous 5 years.

（這五年間，我學會了專業知識以及技能。）

「獲得」▶「逐步取得」

　　「gain」原本的意思是指「逐步取得」。但是語感上並非單指「取得」，而是花了時間與勞力逐步取得「reputation（信譽）」、「support（贊助）」、「confidence（自信）」等有價值之物。若只是「取得」，初級動詞「get」也有相同意思，但是説「He gained a reputation」，比「He got a reputation」穩重許多。

◆ 補充重點

　　「gain」是個無論在日常會話，還是正式場合中都用得到的動詞。以下幾個固定表現的句型，出現的頻率很高，記在腦海裡往後隨時可以派上用場，例如，「花了不少苦工，結果成功了」，可以説「It gained some pains.（雖然很辛苦，但還是做到了）」、「很辛苦卻沒什麼成果」説「We gained nothing.（我們白費力氣了）」、「有成果而過程中的收穫也很大」則可説「We gained a lot of the project.（真是有收穫的方案）」。

Questions

　　請試著用「gain」將下列句子換成英文。
❶ 要獲得專業知識（specialized knowledge）需花很長的時間。
❷ 透過長年的宣傳活動（promotional activities），願意贊助的人變多了。

Answers

❶ 正解為：It takes a long time to gain specialized knowledge.
❷ 「願意贊助的人」可以用「supporter」。正確解答為：
Through our years of promotional activities, we have gained our supporters.

judge

[dʒʌdʒ]

以某個基準判斷事物

重要句型

❶ You should not **judge** one's personality only from their appearance.
（你不應該光用外表，去判斷一個人的個性。）

❷ I am not in a position to **judge** whether we should try this or not.
（我沒有立場判斷是否要挑戰這個。）

❸ A cat uses its whiskers to **judge** whether a space is big enough to fit through.
（貓咪用鬍鬚判斷縫隙的寬度是否足夠讓自己通過。）

❹ The economic growth is difficult to **judge** from a 3rd party perspective.
（從第三者的角度，很難判斷經濟的成長。）

「判斷有罪／無罪」▶ 以某個基準判斷事物

　　「judge」這個動詞，有「在法庭中由法官判斷有罪／無罪」的印象，或許有些人會認為這是個在日常生活中不太常會用到的詞彙。但實際上，「judge」這個動詞也可以用在一般場合之中，像是「judge someone by appearances（用外表判斷人）」、「judge a book by its cover（用封面判斷書的內容）」等等。

　　搭配使用的介系詞中，「by」佔大多數，表示「根據或判斷」，若表示「原因或理由」可使用「from」、表示某個「基準」的時候請使用「on」。在「judge」之後連接的名詞有「distance（距離）」、「effectiveness（效果）」、「merit（利處）」、「quality（品質）」、「reliability（信賴性）」、「worth（價值）」等等。請把「judge」是審判的印象一掃而空，重新將「以某個基準判斷事物」的意思重新記在腦海中，就能增加使用範圍。

Questions

　　請試著用「judge」將下列句子換成英文。

❶ 因為資訊不足，現在難以判斷。

❷ 他會用學歷（academic background）判斷他人。

❸ 她判斷他有勝任本次計畫的能力。

Answers

❶ 「因資訊不足」可以用「because of a lack of information」表現，整個句子為：
Because of a lack of information, it is hard to judge at this moment.

❷ 正確解答為：He judges others by their academic backgrounds.

❸ 這裡的「勝任」可以想成是「駕馭」，所以使用「take care」。
正確解答為：
She judged that he had enough ability to take care of this project.

offer

[ˋɔfɚ]

為某人特別做某事

❶ We can **offer** you a better deal than our competitors can.
（我們可以為你開出比我們競爭對手更好的交易條件。）

❷ She always **offers** her guests something to eat as soon as they arrive.
（她總是在她的客人一抵達時，就提供一些食物給他們。）

❸ They **offered** me that position last year, but I turned it down.
（去年他們提供我那個職位，但我拒絕了。）

❹ She **is offering** to take me on a tour of the city tomorrow.
（她主動提出明天要帶我參觀城市。）

「提供」▶「特別做某事」

　　「offer」本來的意思，是「為了某人，特別做某件事情」，是個帶有積極性語感的動詞。例如，受到某公司邀請「要不要來我們公司上班呢」的時候，可説「They offered me a new position.」

　　另外，也可以使用「propose」表達「They proposed to me a new position.」，但語感上有很大差別。使用「offer」較能感受到公司非常積極的姿態，這樣對方也會因親切的「offer」而難以拒絕。若希望留有拒絕的餘地時，就使用「propose to」。

◆ 補充重點

　　「offer」也經常被當作名詞使用，像是收到邀請時可説「I got an offer~」、承諾的時候可説「I accepted the offer~」、拒絕的時候説「I turned down the offer~」。

Questions

　　請試著用「offer」將下列句子換成英文。

❶ 他建議我將座位升等（upgrade my seat）。

❷ 如果是星期日，海景房（a room with an ocean view）有空位。

Answers

❶ 正解為：He offered to upgrade my seat.

❷ 這是在飯店櫃檯的互動，所以主詞是「we」，正確答案是：
　 We can offer you a room with an ocean view on Sunday.

prove

[pruv]

因某個契機而恍然大悟

重要句型

❶ This only **proves** that the defendant was present at the crime scene.

（這只能顯示出被告曾在犯罪現場出現過。）

❷ She wanted to **prove** that she was ready for a leadership role.

（她向周圍的人表示，她已經做好擔任領袖的覺悟。）

❸ This software has **proven** to be extremely useful.

（這個軟體真的非常有幫助。）

❹ This program has **proven** a successful method for prospective members.

（這個計畫對有潛力的成員而言，是有效果的方法。）

「證明」▶ 因某個契機而恍然大悟

　　一開始就以偏頗的方式學習英文，導致無法學會流利的英文，這種現象我們稱為「類化不足」。「prove」這個詞彙，正是會產生類化不足現象的詞彙之一。如果只記住「prove＝證明」，就無法正確使用這個詞彙。

　　雖然「prove＝證明」給人的印象非常深刻，但日常會話中較常使用「A prove to be B」的表現。這裡所表達的語感是指因為某個契機、根據，而「了解」A 是 B。我們通常會說「His explanation proved to be true.（我們知道他的說明是正確的）」、「The news proved to be false.（我們了解到那是則騙人的新聞）」等等。另外，若是「向～證明～」的形式，會使用介系詞「to」，例如「prove my theory to my colleague（向同事證明我的論述）」。

Questions

　　請試著用「prove」將下列句子換成英文。

❶ 他表示他已經做好升遷的準備。

❷ 進入公司半年後，她證明了自己比想像中優秀。

❸ 聽聞報告之後，我了解事態並沒像想像中嚴重。

Answers

❶ 「做好升遷的準備」是「ready for a promotion」，正解為：
He wanted to prove that he was ready for a promotion.

❷ 「prove oneself」表示「向周圍表示自己～」的意思，所以使用這個片語之後，整句話就會是：
She has proved herself to be better than expected since she joined the company 6 months ago.

❸ 這個情況下，「事態」會使用「situation」，「嚴重」當然是使用「serious」。正確答案是：
The report proved that the situation was not as serious as we thought.

quantify

[ˋkwɑntəˌfaɪ]

敢於計算或測量難以用數字呈現的事物

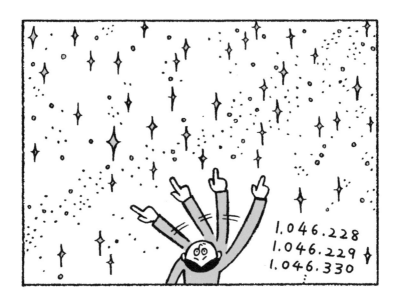

重要句型 🎧

❶ They are trying to **quantify** the damage.
（他試圖計算損害的程度。）

❷ It is impossible to **quantify** the number of Web sites on the Internet.
（計算網路上的網站數量是不可能的。）

❸ It will be more efficient if we can **quantify** the risks.
（如果我們能量化風險，那就會更有效率。）

❹ Can you try to **quantify** how much money will be needed to purchase this building?
（你可以試著計算購買這棟大樓，需要多少錢嗎？）

「測量」▶「敢於計算或測量難以用數字呈現的事物」

乍看「quantify」這個詞，好像不太常出現，但是商務人士要呈現出「專業度」的時候，就會使用這個詞彙。這是與名詞「quantity（數量）」有關的字彙，原本的語意就是將難以用數值表示的事物，以「量」來測量。如同在例句中可以看到，「quantify」常與「damage（損害）」、「effect（效果）」、「risk（風險）」、「impact（影響）」等名詞結合使用。

另外，同為「測量」之意的動詞還有「measure」，是用既有的單位測量寬度、重量、長度等等，例如「measure a piece of ground（測量土地）」、「measure an angle（測量角度）」、「measure one's waist（測量腰圍）」等等。

Questions

請試著用「quantify」將下列句子換成英文。
❶ 要量化溫室效應對經濟的影響，是非常困難的。
❷ 這是將本次事故所造成的影響數值化後的報告。
❸ 可以粗略計算出席的人數嗎？

Answers

❶ 「溫室效應」的英文是「global warming」，所以整個句子是：
It is difficult to quantify the effects of global warming on our economy.

❷ 本情況的「影響」用「impact」來表現。正確解答為：
This report quantifies the impact caused by this accident.

❸ 「出席人數」為「the attendance numbers」，正確解答為：
Can we quantify the attendance numbers?

refer

[rɪ`fɝ]

為引起他人注意，用言語清楚表達

重要句型

❶ I **was referred** to your office by a friend.
（朋友向我介紹了你的公司。）

❷ Please list at least three people who can **refer** to your abilities.
（請舉出至少三個可以詳細說明你能力的人。）

❸ This is the movie she likes to **refer** to her friends.
（這部電影她很想介紹給她的朋友。）

❹ Employees who have issues to report **are referred** to our human resources department.
（有問題必須呈報的員工，被轉介到人資部。）

「參考」▶「用言語清楚表達」

　　「refer＝言及、參考」，若是這樣記在腦海裡，應該有很多人在現實生活中幾乎沒有使用過這個動詞，但這個動詞其實常出現在日常生活的會話中。「refer」原來的意思是「為了引起他人注意，用言語清楚表達」。舉例來說，想要推薦某人的情況下，會說「I referred to his name.（我已經先提出他的名字了）」；在醫院請醫生介紹別的醫生時，會使用「refer to someone（介紹）」，「My doctor is referring me to a specialist.（我的醫生介紹專業醫師給我）」。這個動詞帶有面對面表達的意思，所以常常與「to」一同使用。

Questions

　　請試著用「refer」將下列句子換成英文。

❶ 因為被問到本次專案統籌的候選人，我先提出她的名字了。

❷ 能不能為我介紹這個領域的專業醫師呢？

❸ 經驗尚淺的網路使用者，往往容易用「維基」來介紹「維基百科」。

Answers

❶ 下一個計畫的領導候選人，若用英文表達是「a candidate for the next project leader」，所以整個句子是：
I referred to her name as a candidate for the next project leader.

❷ 專業醫師是「specialist」，所以正確句子是：
Could you refer me to a specialist in this field?

❸ 正確解答為：
Inexperienced internet users are likely to use "Wiki" to refer to "Wikipedia".

reserve

[rɪ`zɝv]

預留某件事物在自己身上

重要句型 🎧

❶ I have **reserved** a seat for you at my table.
（我在我的桌子預留了你的位子。）

❷ We **reserve** the right to change these conditions at any time.
（我們保留在無論任何時候，都能變更這些條件的權利。）

❸ She **reserved** her comments about our presentations until the end.
（她保留了關於我們展示的意見直到最後。）

❹ She **reserved** her ideas for a private meeting with the manager.
（直到她與經理私下商量之前，她都沒有說出她的點子。）

「預約」▶「預留某事於自身」

　　「reserve」也是個容易類化不足的單字，因為大家只記住「reserve＝預約」，無法融會貫通。希望大家將「預留某事於心底」的意思，重新記在腦海裡，像是「reserve an idea（預留點子）」、「reserve comments（保留意見）」等。

　　最普遍的表現方式是「reserve the right to do something（有○○的權利）」，像是法官一開始會説「You reserve the right to be silent.（你有權保持沉默）」就是典型的句子，也可以説「the right to keep silent」。此外，名詞的「reserve」意思為「謹慎」、形容詞的「reserved」意思是「謹慎的」。下述的表現方式常常被使用：「Japanese people are rather reserved.（按理來説日本人比較謹慎）」。

Questions

　　請試著用「reserve」將下列句子換成英文。
❶ 他不想在他的上司面前説出自己的意見。
❷ 你有簽署該合約的權利。

Answers

❶ 「reserve one's opinion」是「保留意見」。另外，「在上司面前」可用「in the presence of his boss」來表現，正確解答為：
He reserves his opinion in the presence of his boss.
日常會話則可使用「keep」，像是「He keeps his opinion to himself~」）。類似的表現還有「reserve one's answer（保留回答）」、「reserve final judgement（保留最後的判斷）」等等，先記下來，有利於往後使用。

❷ 使用典型的表現「reserve the right to do something（有權）」，整句話可説：
You reserve the right to sign the contract.

restore

[rɪ`stor]

將凌亂的事物恢復成原狀

重要句型

❶ Can you **restore** this to the owner?
（你可以把這個物歸原主嗎？）

❷ Can you please **restore** this data disk I accidentally broke?
（你可以修復我不小心弄壞的磁碟嗎？）

❸ We could not **restore** the painting to its original luster.
（我們沒有辦法把這張畫恢復原來的光彩。）

❹ Sleep functions to **restore** and repair both the body and the brain.
（睡眠可以恢復及修復身體及大腦。）

「恢復」、「修復」▶ 將凌亂的事物恢復成原狀

　　大部份人將「restore」記為「恢復」、「修復」，但「restore」是在商務、新聞、時事、電腦科學等相關領域中，常出現的動詞。

　　它原來的意思是指「將凌亂的事物恢復成原狀」，經常使用的表現方式包括「restore a computer（復原電腦）」、「restore the faith/trust/credibility（取回信任）」、「restore the dignity（取回威嚴）」、「restore the sovereignty（回復主權）」等等。若想表達「取回身體原來的狀態」也可以說「I felt restored after a good meal and a good sleep.（美好的食物與充足的睡眠後，我感覺身體的狀態恢復了）」一般會話會直接使用「felt refreshed」。請將常常一同出現的名詞一起背下來。

Questions

　　請試著用「restore」將下列句子換成英文。
❶ 我將在今晚復原電腦系統。
❷ 為了回復經濟，必須從海外招攬投資。
❸ 為了那位藝術家，必須修復這本相簿。

Answers

❶「今晚」的英文是「tonight」，所以整個句子是：
I promise I'll restore the computer system tonight.
「徹夜工作」的場合可用「work all (through) the night」表達。

❷「招攬投資」是「ask for investments」，所以要清楚表達這個句子，可用：
We need to ask for investments from abroad in order to restore the economy.

❸ 正確解答為：I need to restore this album for the artist.

reveal
[rɪ`vil]

為了讓大家知曉，公開某個未知的事物

重要句型

❶ He didn't **reveal** his plans for tonight, but I heard it will be very interesting.
（雖然他還沒有透露今晚的計畫，但我聽說那似乎很有趣。）

❷ He has always insisted he will never **reveal** his true identity.
（他一直堅持不透露他的真實身分。）

❸ The local newspaper **revealed** that the murderer was a cruel person.
（當地的報紙透露殺人犯是個殘酷的人。）

❹ The result of the examination **revealed** his talent.
（考試的結果，顯示了他的才能。）

「表明」▶「公開某個未知的事物讓大家知曉」

　　相較於第二十八頁「disclose」的意思，「reveal」的意思則是「為了讓大家知曉而揭露」。舉例來說，想要表達「藉由網路報導，一口氣讓大家都知道在地小城所發現的事物」時會使用「reveal」。這裡若使用「disclose」，意思就會變成「某位間諜洩漏了一直被祕密隱藏起來的新發現」，帶有嚴肅的氣氛。

　　其他經常使用的形式包括「reveal one's personal identity（公開個人身分）」、「reveal one's real name（揭示某人的真實名字）」、「reveal one's true nature（顯露本性）」等等。另外，「reveal」也是演員、運動員等名人在結婚、懷孕、生產時會使用的典型動詞之一，像是「Pregnant Carrie Underwood reveals her due date!（公布懷孕的卡麗‧安德伍也揭曉了生產日期）」。

Questions

　　請試著用「reveal」將下列句子換成英文。

❶ 那一句話就顯露出他的本性（true nature）。

❷ 今天的會議是打算揭曉明年的企劃。

❸ 聽眾對該產品的發表很有興趣。

Answers

❶ 正確解答為：That word revealed his true nature.
　　另外，「揭露本性」也可以說是「reveal one's true character/color/self.」

❷「reveal」正好可以表現「揭曉」的意思。正確解答為：
　　We will reveal the project for the next year at today's meeting.

❸ 正確句子為：The audience was excited for the product to be revealed.

save

[sev]

為了某個目的仔細保存

重要句型

❶ Please **save** the biggest surprise for the last.
（請在最後留一個最大的驚喜。）

❷ We should **save** money for our son's college education.
（為了兒子將來升學，我們得存錢。）

❸ You have to **save** your energy for the last race.
（為了最後的比賽，你應該要先儲存體力。）

❹ Can you **save** a seat for me? I might be a little late.
（你可以幫我佔位子嗎？我可能會晚一點到。）

「有幫助」、「存錢」▶「仔細保存」

　　雖然「save」是日常會話中出現頻率很高的動詞，但同時也是一個要學會更高階英文所不可或缺的動詞。「save」有「幫助」、「存錢」、「節約」等各種意思，像是眾所皆知的「save money（存錢）」、「save time（節約時間）」，希望大家可以將「save」的意思是「仔細保存」重新記在腦海裡。

　　舉例來說，會議中白板上的字，你想說「請不要把它擦掉」時，可以用「Please save this.」表達。其他像是在會議中把機密資料發下去時，可以加一句「Save only in the meeting.」擁有同樣為「仔細保存」意思的，還有「save one's breath（別說多餘的話）」、「save one's neck（千鈞一髮之際得救）」、「save one's skin（順利逃脫）」等等。

> **Questions**

　　請試著用「save」將下列句子換成英文。
❶ 第一次見面，不要說多餘的話會比較好。
❷ 好的新聞，就留在最後吧！
❸ 為了今晚的餐會，我正在儲存我的體力。

> **Answers**

❶ 「別說多餘的話」的英文表現是「save one's breath」，所以正確解答為：
When you meet someone for the first time, you should save your breath.

❷ 正解為：Let's save the great news for last.
當然，「好的新聞」也可以使用「good news」。

❸ 這裡的餐會可以想成是一日之中最重要的一餐，所以使用「dinner」較好，無論是白天或晚上都可以使用。普通的「晚餐」可說「supper」，並使用現在進行式表示。正確解答為：
I am saving my energy for the important dinner tonight.

withdraw

[wɪð`drɔ]

現在，將某事物恢復成原本的樣貌

 重要句型

❶ The company had to **withdraw** the job offer.
（公司不得不撤銷工作邀約。）

❷ Please **withdraw** from the premises.
（請先試著跳脫前提看看。）

❸ The figure skater decided to **withdraw** from a competition.
（那位花式溜冰選手決定退出比賽。）

❹ My brother **withdrew** from school when he was 16.
（我弟弟在十六歲時退學了。）

「撤退」、「撤回」▶「返回原樣」

　　「withdraw」或許可以說是「知道，卻不會用」的典型詞彙之一。在日常生活中除了「withdraw money from a bank（從銀行取錢）」等場合之外幾乎派不上用場，但是在商業場合，或是寫作時經常作為「撤退」、「撤回」的意思，也就是「現在，將某事物恢復成原本的樣貌」的意思使用，例如，「withdraw a/the proposal（退回提案）」、「withdraw a/the contract（撤回契約）」等等，希望大家可以融會貫通，自然地使用這類動詞。

Questions

　　請試著用「withdraw」將下列句子換成英文。
❶ 因為履歷不完整，所以他的工作邀約（the employment offer）被取消了。
❷ 因為預算的問題，企劃就變回一張白紙了。
❸ 我們跳脫至今為止的論題（the previous discussions），從頭開始思考吧！

Answers

❶ 「履歷不完整」可以用「履歷（resume或是CV）」與「有欠缺（flawed）」組合表現。正確解答為：
Since his resume became flawed, the company withdrew the employment offer.

❷ 「因為預算的問題」可用「because of the budget problem」。
They have decided to withdraw the project because of the budget problem.

❸ 「從頭開始思考」可以用固定的用法「start from scratch」表示。正確解答為：
Why don't we withdraw from the previous discussions and start from scratch?
Why don't we~？也可以改用Let's~。

yield

[jild]

伴隨著痛苦，孕育出某事物

重要句型

❶ The market research team's efforts **are yielding** results.
（市場調查團隊的努力開始有了結果。）

❷ His studies **yielded** clear evidence.
（他的研究顯示了明確的證據。）

❸ The 10% consumption tax is expected to **yield** millions of yen.
（10%的消費稅預期將增加百萬日圓稅收。）

❹ The peach trees in the orchard **yielded** an abundant harvest last year.
（果園的桃子去年大豐收。）

「產出」▶「伴隨著痛苦，孕育出某事物」

　　「yield」是非常難抓到語感的動詞。字典上寫著「產出」、「屈服」、「讓路」等各種意思，這些意思的共通點，就是均帶有「伴隨著痛苦，孕育出某事物」的意思。不只是單純的產出，而是經常伴隨著辛勞或犧牲的語意。例如，想要表達「做出結果」時，雖然狀況有差異，但「yield a result」在事情的描寫上，會比「make a result」顯得更有層次。日常會話中使用「make」的機率佔了絕大多數，按比例來說若「make」是十次，那「yield」就是一次左右。

　　另外，「土地或是植物產出」的意思中，經常使用「yield good crops（可產出豐饒的作物）」、「yield oil（產石油）」等等。

Questions

　　請試著用「yield」將下列句子換成英文。

❶ 這間公司的利率（good interest）好像不錯。

❷ 你昨天的演示引起了聽眾怎麼樣的反應呢？

❸ 這片農地可以產出高品質的小麥（high quality wheat）。

Answers

❶ 正確解答為：They say the savings account in this bank would yield good interest.

　　另外，「yield」作為名詞使用時，也可以當作是「interest（利率）」的意思。

❷ 「引起反應」有個固定的用法，就是「yield response」，所以正解為：

　　What type of response did your presentation yield from the audience yesterday?

❸ 產出作物的時候可以使用「yield」。正確解答為：

　　This farmland yields high quality wheat.

這樣使用動詞，表達出傳神意境

　　請試著比較下述兩段短文的差異。

A On April 14, 1912, a terrible storm moved across the Atlantic Ocean. Strong winds blew over the water. Tiny boats had trouble in the water. They were blown by the wind.

B On April 14, 1912, a terrible storm raged across the Atlantic Ocean. Strong winds whipped over the water. Tiny boats struggled in the water. They were tossed and pounded by the wind.

　　無論是哪一段短文，大略翻譯成中文的意思都是：「1912年4月14日，強大的暴風襲擊了大西洋。強風猛烈地吹打在海面上，一艘小船在海上進退兩難。強風吹打著那艘船。」

　　但若是英語為母語者來閱讀這兩段短文，應該有完全不同的心得。他們會認為 A 文是很普通的敘述文，而 B 文表現則非常生動與傳神——重點就在標示起來的動詞。

　　我們用第一句的「move」與「rage」來比較看看，「move」的意思是「移動」，而「rage」則是「洶湧」的意思。A文只是單純的說「暴風橫跨大西洋」，而B文則能表示「暴風肆虐著大西洋」。光是一個動詞，兩者傳達的意境完全不同！

　　像「move」這種初級動詞放在句子裡，姑且能夠理解意思，但若想要傳遞更生動的意境時，那就不能缺少更進階的英文動詞。

PART

2

區分意思相似的單字的使用方法

在英文裡面,有很多動詞
雖然意思相同,但語感卻有差異。
仔細理解其中的「不同」
就能自信地使用以下 13 組動詞。

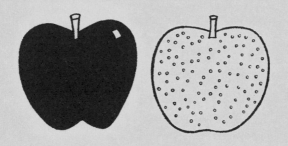

accept
[ək`sɛpt]

同意後接受

receive
[rɪ`siv]

物理上接受

重要句型

1 We decided to **accept** your kind offer.
（我們決定接受您親切的提議。）

2 She has **been accepted** to all of the schools to which she applied.
（她上了所有她志願中的學校）

1 Americans **receive** a lot of junk mail in one day.
（美國人一日之中會收到許多垃圾信件。）

2 To love is to **receive** a glimpse of heaven.
（因為愛，讓我們窺見天堂。）

「accept」是接受，「receive」是接收

「accept」與「receive」是很容易混淆的動詞。兩者的意思都是「接收」，但「receive」是物理上的「接收」行為，只能單純表達出別人給予或贈與東西時；而「accept」之中含有「同意」、「接受」的心情在裡面。舉例來說：

「I received an invitation.（我收到了邀請函）」（單純報告）

「I accepted an invitation.（我很高興接受邀請）」（同意）

像這樣，傳達給對方的語意完全不相同。其他像是在商務場合中，接受對方提出某個想法時，會說「I accept your idea.」，這是一種典型表現方式。

Questions

請試著使用「accept」將下列句子換成英文。

❶ 我們接受您的提議。

❷ 因為有幾個問題，所以現在無法接受那個計畫。

❸ 從現在開始，我們隨時接納你成為家中的一份子。

Answers

❶ 本句是使用「accept」的典型表現，正確解答為：

We will accept your offer.

❷ 「現在」的英文是「at this moment」，所以正確解答為：

Since there are some problems, we cannot accept the plan at this moment.

❸ 「accept」帶有高興且積極接受的語感。所以正解為：

We will always accept you as one of our family（from now on.）。

achieve　accomplish

[ə`tʃiv]　[ə`kɑmplɪʃ]

努力地克服了困難，獲取某事物／好不容易到達　**確實貫徹應做之事**

 重要句型

❶ He is trying to **achieve** a new world record.
（他正在嘗試突破世界紀錄。）

❷ He **achieved** a major business success.
（他在事業上取得了很大的成就。）

❶ Test pilots from NASA failed to **accomplish** an important mission last week.
（上星期，NASA 的試飛員無法完成重要的任務。）

❷ He has just **accomplished** his assigned job without delay.
（他剛剛毫無耽擱地完成了被分配的工作。）

「achieve」是不斷摸索，「accomplish」是默默地完成

在學校老師教「achieve」與「accomplish」的意思都是「完成、達成」，但「achieve」有「努力地克服了困難，獲取某事物或好不容易到達」的語意，而「accomplish」則是「默默地進行，然後確實完成」的意思。兩者都有經常一同使用的受詞，可以事先記下來。最有名的用法就是，當任務順利完成時，會使用「Mission accomplished（任務完成）」。

- **常與「achieve」一同使用的名詞：**
  看似只能屢次嘗試去做的「goal（目標）」、「record（紀錄）」、「success（成功）」、「dream（夢想）」。
- **常與「accomplish」一同使用的名詞：**
  有固定流程的「task（工作）」、「assignment（課題）」、「aim」（目的）、「mission」（任務）。

Questions

在下列底線中，請填入「achieve」或「accomplish」。

❶ I never stop trying to _____ my success.
（我絕對不會放棄成功。）
❷ You should work hard to _____ your dreams.
（為實現夢想應該拼命努力。）

Answers

這兩題都應該填入「achieve」。訣竅在觀察動詞後面的受詞──不管是「success（成功）」或「dream（夢想）」都沒有固定流程，實現的方法也只能自行思索。另外，為了實現這些目標，通常會伴隨著困難與努力，所以「achieve」會較「accomplish」合適。

affect

[əˋfɛkt]

直接給予影響

influence

[ˋɪnflʊəns]

間接給予影響

重要句型

❶ The destruction of rain forests will **affect** living conditions.
（熱帶雨林的破壞，會對居住環境帶來影響。）

❷ This tip of advice can **affect** your blood sugar levels.
（這小小的忠告，會影響你的血糖值。）

❶ His art work **is influenced** by the ancient Greek statues.
（他的藝術作品，受到古希臘雕刻的影響。）

❷ Children's behavior will **be influenced** by their parent's behavior.
（小孩的行為舉止，會受雙親的行為舉止影響。）

直接影響的是「affect」，間接影響的是「influence」

　　英文中有幾個「給予影響」意思的動詞，而最常使用的是「affect」與「influence」，許多人無法確實地使用這兩個動詞。「affect」有「直接帶來影響」的概念。另一方面，「influence」是「間接帶來影響」的意思，語感上並非強制或是命令，而是在自然的成長、行動、思想等方面給予影響。

　　另外，與「affect」很像的還有「effect」，但「effect」是使用於「結果」或「效果」等意思的名詞。兩者之間的關係可成立一個式子：「affect = have an effect upon/on」。

> **Questions**

　　下列的文章中，請問何者比較適當？

❶ 父母會影響孩子的人格發展。

　　A：Parents influence the personality development of their child.

　　B：Parents affect the personality development of their child.

❷ 藥物治療會影響心跳

　　A：This medication will influence the rhythm of heartbeats.

　　B：This medication will affect the rhythm of heartbeats.

> **Answers**

❶ 「父母」會在與小孩一同生活的成長過程中，自然地影響孩子的人格發展。因此適當的句子是使用「influence」的 A 句。

❷ 「藥物」擁有直接影響「心跳」快慢的效果，所以適當的句子是使用「affect」的 B 句。

assert

[əˋsɚt]

沒有根據
卻很威風地主張

insist

[ɪnˋsɪst]

即使被反對
依然堅持主張

重要句型

❶ It is difficult for me to **assert** myself.
（我很難主張立場。）

❷ She **asserts** that he stole money from her.
（她主張他偷了她的錢。）

❶ The boy **insisted** on doing the cleaning job all by himself.
（那個少年頑固地堅持要一個人完成所有的打掃工作。）

❷ There are many people who still **insist** that the death penalty is the only form of justice.
（有很多人主張，死刑才是實行正義的唯一方法。）

「insist」比「assert」更有頑固的印象

　　兩個動詞都是「主張」的意思，但「assert」指的是「沒有根據卻很威風地主張」，而「insist」則是「即使被反對依然堅持主張」，比較帶有頑固的印象。另外一個動詞，「persist」同樣擁有主張意思，其語意中有「反覆主張」的意思，像是經常使用的表現方式包含「persist in one's view（固執己見）」、「persist in saying no（堅持說不）」等等。

Questions

　　請在下列底線處，適當填上「assert」、「insist」、「persist」其中一詞。

❶ While they kept on questioning him, he ＿＿＿＿ in saying no.
　（他們持續地問他問題的過程中，他堅持說不。）

❷ My son ＿＿＿＿ on bringing his toys to school.
　（我兒子堅持要帶他的玩具去學校。）

❸ He didn't ＿＿＿＿ his right to remain silent.
　（他沒有主張他的緘默權。）

Answers

❶ 感到「固執」的場合時，使用「persisted」是正確的答案。

❷ 因為是感受到「不打算將他人的意見聽進去」之情況，所以「insisted」較合適。

❸ 「主張權力與清白」等情況下，使用「assert」是正確的。另外，因為「assert」含有「明確」、「強力」等意思，所以若句子中與「strongly（堅強地）」、「forcefully（有力地）」、「confidently（有自信地）」等副詞一同使用，句子會變得很不通順。

describe

[dɪˋskraɪb]

用言語說明
難以表達的事物

explain

[ɪkˋsplen]

用言語淺顯易懂地
說明某事物

重要句型

❶ Can you **describe** the man who stole your bag?
（妳可以描述偷妳包包的男子其長相嗎？）

❷ How can I **describe** my feelings?
（該怎樣才能說明我的感受呢？）

❶ Can you **explain** it to us in more detail?
（能夠再詳細說明嗎？）

❷ Here is the short version of Medicare **explained** for your convenience.
（為了您的方便，這是簡短的醫療保險說明。）

說明難表達的事用「describe」，簡單說明用「explain」

提到「說明」，第一個想到的動詞大概就是「explain」，但是無論什麼狀況都用「explain」來表達，英文會變得不像英文，所以請記住「describe」這個動詞。

「explain」是「將理由、意思、立場等等，用言語簡單明瞭地說明」；而「describe」則是「將狀態、印象等難以表達的特徵，用言語說明清楚」。舉例來說，說明某人外表的時候，可以說「describe someone」，但不能說「explain someone」；同樣地「說明心情」可以用「describe one's feeling」、「說明～是怎樣的感受」可以用「describe what something is like」。

Questions

下列句子中，何者正確？

❶ 讓我來說明，為什麼我會在這裡的理由吧！

A：I will explain why I am here.

B：I will describe why I am here.

❷ 讓我來說明他跳得如何吧！

A：I will explain how he danced.

B：I will describe how he danced.

Answers

❶ 「why I am here」是說明「理由」，所以正確為使用「explain」的 A 句。

❷ 「how he danced」是說明「狀況」，所以正確為 B 句。

evaluate   estimate

[ɪˋvæljʊ,et]   [ˋɛstə,met]

以數字呈現能力、效果等　計算金錢或是各種事物
難以測量的事物　　　　　　的價值與數量

重要句型

❶ How do we **evaluate** the effectiveness of the campaign?
（我們該怎麼評估活動的效果？）

❷ Teachers **evaluated** the scholastic ability of their students.
（老師評估他們學生的學習能力。）

❶ We **estimate** the aid package to be total $ 10 million.
（我們估計援助款項將高達一千萬美元。）

❷ The government **estimates** that 3,000 Americans die of foodborne diseases each year.
（政府估計每年約有三千位美國人死於食物傳染疾病。）

能力、效果用「evaluate」，金錢、數量用「estimate」

　　要區分使用同為「評估」、「預計」意思的這兩個動詞，其實非常簡單。原則上「evaluate」適用在評估「能力」或「效果」；而評估「金錢」、「事物的價值」或「數量」，則是使用「estimate」。只要把這個準則記在腦海中就不會有問題。

　　若想要表達「他估計他的生意損失了四萬美元」時，正確說法是「He estimates his business losses at $40,000.」，而不會說「He evaluates his business losses at $40,000.」

　　另一方面，「impact（影響）」、「effectiveness（效果）」、「ability（能力）」、「performance（表現）」等名詞，常與「evaluate」一同出現。

Questions

　　請於下列底線處，填入「evaluate」或「estimate」。

❶ 我們應該認真評估每一位市長候選人。

We should carefully _____ each candidate for the mayor.

❷ 警察查獲了黑市要價估計兩萬美元的毒品。

Police seized drugs with an _____ street value of more than $20,000.

❸ 你可以使用這個考試來評估你的英文能力。

You can use this test to _____ your English language ability.

Answers

❶ 本句的重點在於評估「作為市長候選人的合適性」，所以正確答案為「evaluate」。

❷ 「兩萬美元」是與金錢結合，所以正解為「estimated」。

❸ 受詞是「your English language ability（你的英文能力）」，所以填入「evaluate」。

focus

[`fokəs]

聚焦於某個點上

concentrate

[`kɑnsɛn,tret]

將散亂的事物集中至
一個地方

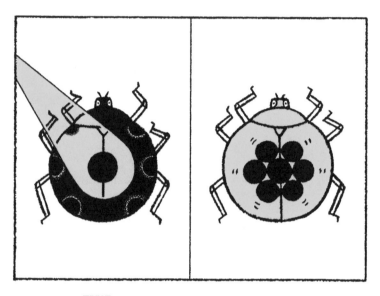

重要句型

❶ You should try to see people's good points instead of **focusing** on their faults.

（你應該要看人的優點，而不是專注在缺點上。）

❷ I want to learn how to **focus** my mind.

（我想學習如何集中注意力。）

❶ The population of this city **is concentrated** along the bay area.

（這個城市的人口集中在灣岸地區。）

❷ Turn down your music so I can **concentrate** on my work.

（降低音樂的音量，你就可以集中於工作上。）

聚焦某點是「focus」，集中散亂事物是「concentrate」

看到「focus」與「concentrate」，大家腦海中應該會浮現「集中」、「使集中」的意思。「focus」指的就像是縮小相機光圈般，在顯示於視窗的各種東西之中，聚焦於某個點上的意思。另一方面，「concentrate」的語意是「將很多散亂的物品集中在一處」。這裡除了「集中」的意思，還有「集結」、「專注」、「濃縮」等意思。

舉例來說，若想表達「這個企劃專注於解決問題」，因為「專注＝聚焦」，所以正確說法是「This project focuses on finding solutions.」。若使用「concentrate」，句子會很不通順。若要表達「我們把人才集中在市場行銷上」，這裡的「集中＝concentrate」，所以這句話不使用「focus」，完整句子就是「We concentrate human resources on marketing.」

Questions

請於下列底線處，填入「focus」或「concentrate」。

❶ 她用相機聚焦在兒子的臉上。

She _____ her camera on her son's face.

❷ 加拿大的人口都集中在國土的南方。

Canada's population is _____ in the southern part of the country.

Answers

❶ 正好是「聚焦」的意思，所以正確答案為「focused」。常有人使用「focus something to」，但因為語意是指剛好吻合，所以正確的介系詞是「on」。

❷ 因為是「人口集中在一處」，適當答案是「concentrated」。

persuade

[pɚ`swed]

不僅說服他人，
也使對方付諸行動

convince

[kən`vɪns]

使他人認同
「○○是正確的」

That's him!

重要句型

❶ I **persuaded** Emily not to quit her job.
（我說服了艾蜜莉不要辭去她的工作。）

❷ You need to **persuade** yourself to have more confidence about what you do.
（你必須說服自己對於所做的事更有信心。）

❶ Can you **convince** them to change their minds?
（你能說服他們改變心意嗎？）

❷ I **am convinced** this is the right decision.
（我相信這是一個正確的決定。）

「persuade」是使行動，「convince」是使認同

　　「persuade」與「convince」兩者的意思都是「使說服」，往往很難區分使用方法，但在意思上有很大的分別。「persuade」本來的意思是「說服他人並使對方實際付諸行動」，不僅僅「說服」，重點是當中還包含了「使對方行動」的意思。另一方面，「convince」本來的意思是指「用各種方式，使他人認為自己的主張正確」，所以與行動沒有任何關聯。

Questions

　　下列的句子中，何者正確？

❶ 店員說服我那個戒指值得那個價錢。

　　A：The sales clerk convinced me that the ring was worth the price.

　　B：The sales clerk persuaded me that the ring was worth the price.

❷ 我說服朋友參加志工活動。

　　A：I convinced a friend of mine that he should join that volunteer work.

　　B：I persuaded a friend of mine that he should join that volunteer work.

Answers

❶ 因為是使他人認同戒指的價值，所以正確的答案，是使用「convince」的 A 句。

❷ 因為是說服他人付諸行動，所以正確答案是使用「persuade」的 B 句，意思是「我說服朋友參加，實際上朋友也參加了」。若是沒有說服成功，那句子就變成：

I tried to persuade a friend of mine that he should join that volunteer work, but I couldn't.

presume

[prɪˋzum]

沒有什麼根據，卻信誓旦旦，好像有這麼一回事

assume

[əˋsjum]

雖然不太有自信，但認為大概就是那樣

重要句型 🎧

❶ I wouldn't **presume** to tell you how to settle this case.
（我不能不自量力地告訴您如何解決這件案子。）

❷ Same-sex parents **are presumed** by biased researchers to be equivalent to single parents.
（抱持偏見的研究人員認為，同性戀父母等同於單親家庭。）

❶ I **assume** that he can speak three different languages.
（我猜想他應該會說三國語言。）

❷ **Assume** that you will win the lottery today. What would you do first?
（假設今天你中樂透，你最想先做什麼事？）

有自信的是「presume」，沒自信的是「assume」

　　「presume」與「assume」這兩個動詞，大家印象中應該都是「認為××是○○」的意思，特別是兩者的共通點都是沒有根據或證據。不過這兩者最大的差別，在於有沒有自信。「presume」帶有「自信滿滿地決定事物」的意思，相對地「assume」則是「我想大概是這樣⋯⋯」這種不太有自信、也不加以否定的感覺。

　　若換成初級動詞，比較接近「presume」的單字是「think」；比較接近「assume」的則是「guess」。不過在商務或是正式場合中使用「think」或「guess」，會給人幼稚的觀感。不妨學會如何使用「presume」或「assume」，因應場合作出適當的回應。

Questions

　　請於下列底線處，填入「presume」或「assume」。

❶ Every person must be ＿＿＿ innocent until proven guilty.
　　（在證實是否犯罪之前，都應推定每個人都是清白之身。）

❷ They ＿＿＿ the worst when he lost his job.
　　（他失業的時候，他們已經設想了最糟的情況了。）

Answers

❶ 在法律領域中也常使用「presume」這個動詞，像是固定的用法「presumed guilty（推定有罪）」、「be presumed innocent（被推定無罪）」等，所以這裡的正確答案是「presumed」。

❷ 「設想最糟的情況」有固定的表現方式「assume the worst」，所以這裡的正確解答為「assumed」。他們認為因為失業，而很難不演變成那樣（最糟的情況）。

qualify
[ˋkwɑləˌfaɪ]

認同非常有能力

entitle
[ɪnˋtaɪt!]

授與資格、權利

重要句型

❶ She **is qualified** to teach Spanish.
（她有教授西班牙語的資格。）

❷ What **qualifies** you to do that?
（什麼權限使你可以做那種事情？）

❶ I **am entitled** to overtime pay.
（我有權領加班費。）

❷ We **were entitled** to a greater share than we received.
（我們有權利拿到比我們實領還多的配額。）

「qualify」是認同有能力，「entitle」是授與資格

　　大家記憶中這兩個動詞的意思，都是「給予權利、資格」，但卻發現很不好使用。「qualify」原本的意思是非常認同那個人的經驗、能力，或技能等等，使他可以勝任某工作或職位。而「entitle」比較是有形式地給予權利或資格，換句話説，「entitle」比較接近在學校中學到的意思。假設是「給予能夠領取年金的權利」，因為是單純認同擁有該資格，並非能力上的認同，所以使用「entitle someone to a pension」比較適合，而不使用「qualify」。

Questions

　　請試著使用「qualify」或「entitle」，將下列句子換成英文。
❶ 要成為候選人（candidate），必須要滿足所有必要條件。
❷ 他有資格領取退休金（retirement allowance）。

Answers

❶ 「滿足所有必要條件」，也就是説要兼備所要求之技能或能力。
正確解答為：
You have to be fully qualified to be considered a candidate.

❷ 因為是想要表達「有權利」，所以用「entitle」，整個句子是：
He is entitled to receive retirement allowance.

reduce

[rɪ`djus]

由某人減少

decrease

[`dikris]

自然地減少

重要句型

❶ He tried to **reduce** the water in the boat with a pump.
（他試圖用泵減少船上的水。）

❷ Using reusable water bottles can drastically **reduce** garbage.
（使用可重複利用的保特瓶，能大大減少垃圾量。）

❶ The patient's blood pressure **decreased** too rapidly.
（患者的血壓急速下降。）

❷ The number of female college entrants expressing interest in majoring in computer science **decreased** in the 2000s.
（2000年以後，對電腦科學有興趣而入學的女性減少了。）

人為減少是「reduce」，自然減少是「decrease」

如果你是營業銷售人員，須報告「本期的銷售額下降了15%」，你認為下列何者較為合適？

A：Our sales have reduced by 15% this term.

B：Our sales have decreased by 15% this term.

正確答案是 A。即使意思同樣為「減少」，「reduce」的語感是「因某人的責任（原因、意圖）而減少」，「decrease」則是「平穩且自然地減少」。所以若上述情況使用 B 句，會給予對方「銷售額減少與自己沒有關係」的不負責任印象。

另外，若想表達「薪水減少了5%」，說「My salary has reduced by 5%」會帶有一點「被某人減少」的責備感。若說「My salary has decreased 5%」，就只是單純表達「減少了」的感受。

<hr>

Questions

下列句子中，何者較為適當？

❶ 日本的GDP十年減少了3%。

A：Japanese GDP has decreased by 3% in this decade.

B：Japanese GDP has reduced by 3% in this decade.

❷ 我還想要減重五公斤。

A：I want to reduce my weight 5kgs more.

B：I want to decrease my weight 5kgs more.

<hr>

Answers

❶ 因為是表現出自然過程中造就的結果，正確答案是使用「decrease」的 A 句。

❷ 從句子中可以感受到「想要減少」的意志，所以正確解答是使用「reduce」的 A 句。另外，若是日常生活中比較瑣碎的會話，一般會使用「I want to lose 5kgs.」

satisfy

[ˋsætɪsˌfaɪ]

使其心滿意足

content

[kənˋtɛnt]

使其滿足到不至於
抱怨的程度

重要句型

❶ I am not **satisfy** that this project is going to be late.
（我無法接受計畫延宕。）

❷ Jane has never **satisfied** her parents with her academic performance.
（珍的學業成績，從來沒有讓她的父母滿意。）

❶ Kathy **was contented** with only a few paintings in the museum.
（美術館的畫中，凱西只認同其中幾幅。）

❷ I **am** more or less **contented** with the way things are going.
（我或多或少滿足於事情的發展。）

「satisfy」比「content」有更高的幸福感與滿足感

　　「satisfy」與「content」兩者都是「使滿足」的意思，但語感上有微妙的差異。「content」是一種在彌補不足的部分後，不到抱怨程度的滿足，某個層面上來說算是「消極的滿足」。相對地，「satisfy」一定是因為某種原因而感到非常開心，且心滿意足，表現出「積極且幸福的滿足」。兩者所傳遞的意思不相同，請謹慎選擇。若要表達「滿足」時，「be contented」與「be satisfied」都適用。另外，也可以將「be content」作為形容詞，表達「恰好滿足且甘願」的意思；「be content to（甘願於～）」的表現方式，其出現的頻率也非常高。

Questions

　　請將動詞「content」、形容詞「content」或動詞「satisfy」，填入適當空格。

❶ 他非常滿意自己計畫的項目成功了。

He is very _____ with success of the project he planned.

❷ 那樣的結果真的好嗎？

Are you _____ with the results?

❸ 在這邊等也是可以的。

I am _____ to wait here.

Answers

❶ 本句要傳達的是「積極的滿足」，正解為「satisfied」。

❷ 從句子中可以感受到「沒什麼不滿」般消極性滿足的意思，所以這裡最適當的是動詞「contented」。

❸ 「甘願」於今後狀況的意思，所以要填入形容詞「content」。

select

[sə`lɛkt]

從眾多相似的東西中
仔細選擇

choose

[tʃuz]

以直覺且輕鬆的
心態選擇

重要句型

❶ Mike decided to **select** economics as his major.
（麥克決定選擇主修經濟學。）

❷ It is always difficult to **select** an appropriate person to be a prime minister.
（總是很難選擇適當的人當總理。）

❶ With the right knowledge, it is easy to **choose** a good book!
（若有正確的知識，要選擇一本好書是非常簡單的。）

❷ There are roughly four ways to **choose** lottery numbers.
（樂透號碼的選擇方法，大致上可分為四種。）

「select」是慎重地選擇，「choose」是直覺地選擇

說到「選擇」，腦中通常會浮現出「select」與「choose」這兩個動詞，但日常會話中使用頻率較高的是「choose」。「choose」帶有「根據喜好或運氣，隨便選擇」的語感；而「select」則帶有「慎重地仔細選擇」的語感，與「choose carefully」幾乎是相同的意思。在工作中「選擇採購的商品」或「從複數提案中選擇其一」等場合時，使用「select」較適當。

◆ 補充重點

另外，若是選舉或投票等「選擇」的情況下，不使用「select」或「choose」，而是使用「elect」，需要多加注意。

× Barack Obama has been selected as President of the US.
○ Barack Obama has been elected as President of the US.
（歐巴馬被選為美國總統）

Questions

請試著用「select」，將下列句子換成英文。
❶ 我打算從收到的商品樣本中選一個出來。
❷ 我決定從現有的成員中，選出一位新的領袖。

Answers

❶ 這裡正是「慎重地仔細選擇」的情況。「商品樣本」的英文是「product sample」，所以整句英文是：
I am going to select one from the product samples you gave me.

❷ 「選人」的情況也經常使用「select」。「現有的成員」可以用「current members」來表現，所以正確解答為：
I have decided to select a new leader (from) among the current members.

理解詞彙原意，大幅提升使用的能力

　　理解單字原本的意思，就可以增加詞彙量。英文單字可分為「un-」與「de-」開頭的字首、單字中心部位的字根，以及接在單字尾端的字尾三種，當然也有些單字沒有字尾。

　　我們以「reduce」這個單字來説明。「re-」為字首，而「duce」為字根。「re-」有「back」（後面、原本）等意思，是我們常常會看見的字首。語幹的「-duce/duct」則有「引導」的意思。若合併在一起，我們可以想成是「把原本增加或是上升的狀態，降低回原來的程度」。

　　我曾經參與過一些企業的研習課程，有些參加者非常風靡於查詢單字的語源，很多人在半年內單字量就逼近中級程度的三倍左右。據他們所言「從語源聯想單字意思的方法，就像是智力遊戲，可間接熟悉聯想出來的單字。」

　　因此我就藉著這個機會，以「re-duce」為例子，舉出一些含有「-duce/duct」的重要動詞。

* introduce: intro（內側地）＋duce（引導）＝介紹、引進
* induce: in（裡面地）＋duce（引導）＝引起、引誘
* produce: pro（前方地）＋duce（引導）＝生產、製造
* conduct: con（共同）＋duct（引導）＝指揮
* deduct: de（從～）＋duct（引導）＝扣除

PART

3

完整記下使用頻率很高的片語

20 個極為方便的動詞，
只要記住一個完整的片語，
就能立即熟稔使用。

admit

[əd`mɪt]

硬是接受不太認可的事物

重要句型

❶ Do you **admit** that you left the door unlocked last night?
（你承認你昨晚忘了鎖門就回家嗎？）

❷ The first step to overcome your addiction is to **admit** that you have a problem.
（克服上癮的第一步，就是承認你有這個問題。）

❸ My boss **admitted** that she was not competent enough to lead this division.
（我的主管坦言她沒有足夠的能力帶領這個部門。）

❹ She **was admitted** to her dream university.
（她考上了她理想中的大學。）

Do you admit~？「是～吧？」

在考試英語中，很多人只記得「admit＝承認」，但英語為母語者聽到「admit」時，最先浮出腦海的是訴訟的場景，也就是檢察官詢問被告『Do you admit?「你承認（罪行）嗎？」』的地方。

事實上，這種用法不僅限於訴訟場景，經常也使用於商務場合，是非常方便的動詞之一。像是想確認「是不是變成這樣了呢？」的情況，可使用「Do you admit~？」，而被詢問的一方若「認為是」就可以說「Yes, I admit it.」；「認為不是」則回答「No, I don't admit it.」因為這個動詞的語意不含質問語氣，所以在想要確認的情況時，常會使用這個動詞。

Questions

請試著用「admit」將下列句子換成英文。

❶ 他心不甘情不願地承認自己有偽造文書（falsified document）的責任。

❷ 那間公司終於承認曾經在漢堡中使用了黑心原料（tainted ingredients）。

Answers

❶ 「心不甘情不願地」為「reluctantly」，所以正確解答為：
He reluctantly admitted that he was responsible for the falsified document.

❷ 「承認做過某事」可使用「admit to doing」的形式，答案為：
The company finally admitted to using tainted ingredients in their burgers.
因為沒有「admit to do」的形式，所以在「to」的使用上要多多注意。

allow

[əˋlaʊ]

靠自我判斷，允許某人做某事

重要句型

❶ Please **allow** me to introduce my career record briefly.
（請容許我說明我的職場經歷。）

❷ I suggested she join us for dinner and **allow** us to drive her home.
（我提議她先與我們一同用餐，並且讓我們開車載她回家。）

❸ Mr. Thomas kept her too busy at work to **allow** her time to have her own life.
（湯瑪士先生使她過度忙於工作，幾乎沒有自己的時間。）

❹ Cookies **allow** us to recognize your browser or device.
（使用cookies，本公司就能鎖定你所使用的瀏覽器或裝置。）

allow me to do~「請允許我做～」

　　「allow」常常使用在書面或是正式會話中，以表達容許或認可的場合。「Allow me to do~（請允許我做～）」是一般在會話中使用的形式。例如，初次見面時説「Allow me to introduce myself.（請容許我自我介紹）」，或是在會議中説「Allow me to explain（請容許我説明）」等等。當然也可使用一般會話中常見的「let」，像是「Let me introduce myself. / Let me explain.」，但是「allow me」較為禮貌，且帶有尊重對方的感覺。

　　或許可以這麼判斷：「let me」使用於大家喝著咖啡且輕鬆的會議中；而與客戶同席，且所有人都穿著正式服裝的嚴肅會議時，使用「allow me」較合乎常理。

> **Questions**

　　請試著用「allow」將下列句子換成英文。
❶ 我還有其他事情，請容許我離開。
❷ 因為時間不足，請容許我簡短説明。
❸ 在公司範圍內，不得吸菸。

> **Answers**

❶ 在這裡，「還有其他事情」的表達方式是「have other plans.」
　正確解答為：
　I have other plans, so please allow me to leave now.
❷ 「簡短」可用「briefly」表現，答案為：
　Since we don't have much time, allow me to explain it briefly.
　另外，「請讓我來做」等自己主動承擔某事的情況時，也可使用「Allow me to try it.」的省略説法「Allow me.」。
❸ 「公司範圍內」的英文是「on company property」，答案為：
　We are not allowed to smoke on company property.

appear

[ə`pɪr]

顯露出某種雙眼可見的姿態

重要句型 🎧

❶ The president **appeared** exhausted after attending the shareholders' meeting.
（出席股東大會後，社長顯露出十分疲倦的姿態。）

❷ During the event, she **appeared** calm and collected.
（活動之中，她顯得冷靜與鎮定。）

❸ It **appears** this company does not promote women to its highest positions.
（這顯示出這間公司沒有讓女性升遷至最高的職位。）

❹ The sun **appeared** over the eastern horizon.
（太陽從東邊的地平線中升起。）

He appears to be ill. 「他似乎生病了。」

若想説「他似乎生病了」，有❶ He seems to be ill. ❷ He appears to be ill. 兩種説法。❶ 是非常平易近人的休閒表現，而❷ 則是在正式場合中也能使用，較為正經的説法。在商務場合中，想表達「貴公司的產品最近非常受歡迎呢～」的情況時，若説出：「Your products seems to be very popular recently.」，會被認為「這傢伙英文很糟」或是「門外漢」。

這時應該使用「appear」。正確説法為：「Your products appear to be very popular recently.」只要一個動詞不同，給他人的印象就有大幅的改變。所以，從某種層面而言，若想表達「似乎是○○」時，用「seem」或是「appear」，就是判斷一個人英語能力的試金石。

◆ 補充重點

雖然同樣為「看起來～」的意思，但若在正式場合中使用「look」，有時會給人小孩般的印象，在使用上必須要多加注意。

Questions

請試著用「allow」將下列句子換成英文。
❶ 他似乎對新的職位充滿幹勁（pumped up）。
❷ 貴公司在這幾年似乎在海外市場（overseas markets）做得有聲有色。

Answers

❶ 正確解答為：He appears to be pumped up for the new position.
❷ 「有聲有色」可用「strong」表現，正確解答為：
Your company appears to have been very strong in overseas markets over the past few years.

clarify

[ˋklærəˌfaɪ]

清除模糊不清的事物，使其明晰

重要句型

❶ Can you **clarify** the meaning of this word?
（你可以説清楚這個詞彙的意思嗎？）

❷ It is important to **clarify** the difference between the two.
（弄清楚這兩者的不同，是非常重要的。）

❸ Some simple tests are needed to **clarify** the cause.
（為了要查明原因，必須進行幾個簡單的測驗。）

❹ We are trying to **clarify** who was responsible for the conflict.
（我們正試圖釐清誰需要付起這個糾紛的責任。）

I will clarify this. 「我來說明吧！」

　　「clarify」是非常具有專業感的動詞，不僅是單純查明事物，語意中還帶有「以明確系統化的專業知識為基礎，使事物清晰」的意思。例如，若主管詢問「這份企劃書上寫的這個經費，是怎麼一回事？」時，與其回答「I will make this clear」，不如具體地使用「clarify」回答說：「I will clarify cost-benefit relations of this figure.（我會從這個數字中說明成本與效益的關係）」——後者會給人一種「這傢伙很能幹」的印象。

　　日常會話中經常使用的「make clear」，則帶有「基於像經驗般的籠統方法，單純將事物簡單化」的語意。相反地，熟人若說「I don't know……（我不知道耶）」的時候，你若回答「I will clarify this.」，對方反而會受到驚嚇。這種情況下說「I will make this clear.」就非常足夠。

> **Questions**

　　請試著用「I will clarify this.」或「I will make this clear.」來回答下列問題。

❶ I don't understand the meaning of the terms of the contract.
　（我不太了解契約書上的這個條件。）

❷ I wonder what is included in the set lunch menu.
　（我不太了解菜單上午餐套餐的內容。）

> **Answers**

❶ 因為是商務場合，所以要用正式的表現方式，正確解答為「I will clarify this.」

❷ 這種隨處可聽到的日常會話，使用「I will make this clear.」比較合適。

confirm

[kən`fɝm]

仔細再仔細，使其更確實穩固

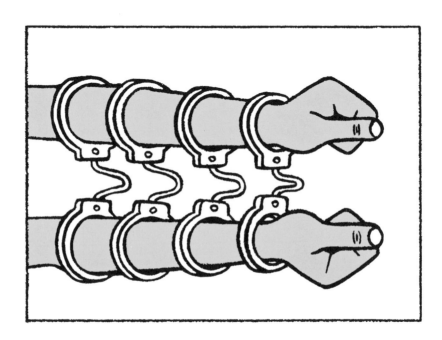

重要句型

❶ I want to **confirm** the fact before I make any comments.
（在回應之前，我想再次確認實際情形。）

❷ I'd like to **confirm** my reservation for the 23rd.
（我要確認23日的預約。）

❸ I just wanted to **confirm** that all is going well.
（我只是想要確認一下是否所有事情都在軌道上。）

❹ We **confirmed** the receipt of the money.
（我們確認收到了匯款。）

I would like to confirm~「我想要確認清楚～」

　　日常生活中不常使用到「confirm」這個動詞，但它卻是商務場合中頻繁出現的單字。請記得「I would like to confirm~（我想要確認清楚～）」的表現方式。例如，要表達「我想要確認清楚交貨日期」時，可說「I would like to confirm the delivery date」。當然也可以使用日常生活中常說的「make sure」或是「make clear」，但語意上有點含糊，「確認」、「確定」的語感顯得薄弱許多。所以若是不能有任何差錯的情形下，使用「confirm」會比較有效果。

Questions

　　請試著用「confirm」將下列句子換成英文。

❶ 我想要確認清楚下單的數量。

❷ 我們需要事先確認應繳文件的截止時間。

❸ 請先確認出席會議的人數。

Answers

❶「下單的數量」可以用「the number of orders」，所以完整的英文句子為：

I would like to confirm the number of orders.

❷「應繳文件」是「required documents」，所以正確答案為：

We need to confirm the deadline for the required documents.

❸ 正解為：Please confirm how many people are attending the meeting.

consider
[kən`sɪdə]

帶著誠意認真考慮

重要句型

❶ She **considered** a job offer from a competitor.
（她認真考慮了競爭公司的工作邀約。）

❷ I hope you will **consider** my offer.
（我希望您能認真考慮我的工作邀約。）

❸ They **are considering** moving their company to inland China.
（他們正仔細評估是否要將公司遷移至中國內地。）

❹ What do you **consider** to be your most significant accomplishment so far?
（你認為至今為止，你最顯著的成就是什麼呢？）

I will consider it.「我會認真考慮。」

　　在商業場合中，若交易對象向你提案，而你想回答説「我會認真考慮」、「我會商権」時，請務必使用「consider」，回答「I will consider it」比只説「I will think about it」帶給對方更積極、帶有「我會慎重且認真地思考」或是「您的提議我會認真處理」的好印象。「think」是日常生活中常出現的詞彙，容易給人只是試著粗略思考的感受，認真的程度十分含糊，所以，若在商務場合中，可以使用「consider」。另外若近期會提出「yes」或「no」這種果斷結論的情況下，可以告知對方「We will discuss it（我們會進行商議）」，能使彼此交流更加順暢。

> **Questions**

　　請試著用「consider」將下列句子換成英文。
❶ 我們會商議您的提議，並在下週五前給您答覆。
❷ 我們必須考慮將據點設置在國外。
❸ 這次的派對，我想要訂鮭魚料理。

> **Answers**

❶「提案」為「offer」或「proposal」；「給～答覆」可使用「give one's answer」；「答覆」也可以説是「give a response」或是動詞「response」。完整句子為：
We will consider your offer and give our answer by next Friday.

❷ 商務「據點」為「base」；「考慮做～」的情況下通常會使用「consider doing」，且必須注意不要使用「consider to do」的形式。正確答案為：
We need to consider moving our bases overseas.

❸ 如果有特定的鮭魚料理，可使用「the salmon」。正解為：
I am considering ordering the salmon for the coming party.

consist

[kənˈsɪst]

扎扎實實地構成

重要句型

❶ This team **consists** of five starters and eight substitutes.
（這支隊伍由五名先發與八名候補組成。）

❷ This train **consists** of 12 cars.
（這輛電車由十二節車廂構成。）

❸ The workshop **consists** of individuals who plan to leave the company.
（本次研討會由預定離職的人員組成。）

❹ I prefer not to eat dishes that **consist** of red meat.
（我不太喜歡食用含有紅肉的料理。）

This department consists of 12 people.「此部門有12人。」

「consist」這個動詞大致分為 **❶**「consist of~（由～構成）」與 **❷**「consist in~（在～之中、存在於～）」兩種意思。兩者使用的頻率大約是7：3。若想表達「這個部門有十二位成員」，可用以下兩種說法：

A：There are 12 people in this department.

B：This department consist of 12 people.

普通的會話或是簡單的信件往來，可以用 A 句，但若想正式說明或撰寫長篇文章時，B 句型比較合適。像是在介紹公司時要說明「There are 4 plants in our production department.（我們公司的生產部門有四家工廠）」時，閱讀的人多少會留下不安的印象，因為這樣的文章會被判讀為沒什麼重要資訊。淺顯易懂的文章，有時候也代表著「稚氣」，不妨改寫成「Our production department consist of 4 plants.」，並依據各場合靈活地使用。

Questions

請試著用「consist」將下列句子換成英文。

❶ 敝公司的女性員工，有一半是職業婦女。

❷ 敝公司的外籍員工比例為 30%。

Answers

❶「職業婦女」的英文是「working mothers」，正確答案為：
About half of our female employees consist of working mothers.

❷ 正解為：Thirty percent of our employees consist of foreign workers.

define

[dɪˋfaɪn]

確實規定範圍

重要句型

❶ Why don't we **define** health in its broader sense here?
（我們何不在這裡更廣泛地定義「健康」呢？）

❷ To begin with, we should **define** what such a term means.
（首先，我們要定義這個用語所代表的意思。）

❸ Unless the scope of the project **is defined**, the team will not begin working on it.
（只要沒有明確定出計畫範圍，團隊便無法開始工作。）

❹ What do you do and how do you **define** yourself professionally?
（你從事什麼工作，以及您如何用專業的眼光定義您自己？）

Why don't you define~? 「請你使～明確」

這個動詞經常用於文章之中，較少用在基本會話中，但是「Why don't you define~（請你使～明確）」這個片語，在會話中非常好用。舉例來説，若會議中，議題變得複雜不清時，可使用「Why don't you define the problem?（請你指出問題）」、「Why don't you define the deadline?（請你定出交期）」等方式，使話題更為明確，特別是在商務場合中，因為必須要請清楚金額、數量及日期等，所以請把這個片語記在腦海裡。另外，想知道對方説的話是什麼意思時，比起詢問對方「What do you mean?（什麼意思？）」，説「Why don't you define the word~?（請你解釋～那個詞彙的意思）」比較能留下幹練的印象。

Questions

請試著用「define」將下列句子換成英文。

❶ 可以請你解釋一下，你所使用的用語嗎？

❷ 不好意思，打斷您説話，請您在這裡定義這次計畫的目的。

Answers

❶ 「您所使用的用語」簡單地用「your term」表達就行。「使語言明確（define term/word）」是經常被使用的片語，所以務必記起來。正確解答為：
Why don't you define your terms for us?

❷ 「不好意思，打斷您説話」有個固定的表現形式，就是「sorry to interrupt」。若使用這個表現形式，整個句子就是：
Sorry to interrupt, but let me define the objective of this project here.

demand

[dɪˋmænd]

要求對方，且不論對方是否答應

重要句型 🎧

❶ I **demand** an immediate investigation of this case.
（我要求立即調查這次的事件。）

❷ I strongly **demand** to be paid the full amount I deserve.
（我強烈要求支付我應得之全部金額。）

❸ She **demands** that her client should be reimbursed for the delay.
（她提出她的客戶應該因為延期而獲得補償的要求。）

❹ The hostage taker **is demanding** to speak to the chief of police.
（那個挾持人質的犯人要求與警察局長對話。）

I demand that you leave now. 「我要求你立即出去（這是最後通牒）。」

　　不管對方是否答應而要求對方做某事，使用的動詞便是這個「demand」，當中帶有嚴苛的要求、命令等語氣，雖然不常使用，但在「關鍵時刻」卻能發揮出其效果。例如對部屬說：「I demand for you to report on Monday.（我要求你在星期一報告）」，這句話在語感上有著「叮囑對方好幾遍都不做，我已經急到發飆了，『這是最後一次』的意思」。

　　在自己並沒有錯、但要對方好好道歉時，也可以用堅決的態度說：「I demand that you apologize officially.（我要求你正式道歉）」或者也可以說「demand for you to apologize officially」。對於遲遲不支付款項的對象說「We demand payment by September 30.」，語感上有「九月底前若不付款，我們會提出告訴」的意思。

　　用命令的口吻說出「請立刻出去」可以使用「order」，像是「I order you to leave now」，這句話雖然受詞後面可以接「to」不定詞，但使用「demand」就不能使用這種形式，請多加注意。

(**Questions**)

　　請試著用「demand」將下列句子換成英文。

❶ 因為取消是您那邊的責任，請將費用全數退回（a full refund）。

❷ 因為這次的延宕而受到相當大的損失，所以請支付我賠償金（compensation）。

(**Answers**)

❶「～的責任」會使用「be accountable for」，正確解答為：
Since you are accountable for the cancellation, I demand a full refund.

❷ 正解為：I demand compensation for the great damage from the delay.

deserve

[dɪˋzɝv]

取得平衡之後，符合某事物

重要句型

❶ I thought the prize **was** well **deserved**.
（我認為獲獎是實至名歸。）

❷ Even the damned **deserve** sympathy.
（即使是沒救的人也值得同情。）

❸ The manager believes our team leader **deserves** a holiday.
（經理認為我們的組長應該休假。）

❹ I thought I **deserved** at least B for this assignment, Prof. Wilson.
（威爾森教授，我認為這次的作業我至少應該拿得到 B。）

He deserves it. （若是他，理當如此）

　　或許有很多人即使知道「deserve」的意思，卻一次也沒有使用過。這個動詞最常用於誇讚方面，例如對於在職場中擁有高度評價或是被提升的人，若説「He/She deserves it.（他／她應得的）」，就是句客觀兼漂亮的讚美。但如果換成過去式表示「He/She deserved it.」的時候，根據當時的狀況，可能會變成「活該、倒楣！」等貶損他人的用語，使用上需要多加注意。另外，也請記住安慰他人的用語「You deserve better.（你應該得到更好的）」。

◆ 補充重點
　　説到「值得」，大家往往會想到這是個只與正面含意的受詞結合的動詞，像是「respect（尊敬）」、「praise（讚揚）」、「reward（獎賞、酬謝）」等等，但事實上也有與負面含意的受詞結合，呈現出「應得的報應」等責備的語氣：
- deserve a criminal penalty（應受刑事處分）
- deserve expulsion（應受退學處置）
- deserve to be fired（被開除是剛好而已）

Questions

　　請試著用「deserve」將下列句子換成英文。
❶ 她受到大家的讚揚，是當之無愧。
❷ 他做了那種事，會被討厭也是應該。

Answers

❶ 「受到讚揚」為「be praised」，所以正確答案為：
He deserves to be praised from everyone.

❷ 「應受～」可以用「deserve to do」的形式表示。考量到「做了那種事情」代表是「不好的行為」，所以整句話可譯為：
He deserves to be disliked for his wrong doing.

expect

[ɪk`spɛkt]

抱持高度期待「希望可以這樣」

重要句型

❶ What you can **expect** from us is what we can expect from you.
（你對我們的期待，也是我們對你的期待。）

❷ I'**m expecting** an important call.
（我正在等待一個重要的電話。）

❸ Welcome, we've **been expecting** you.
（歡迎光臨，我們一直期待您的到來。）

❹ Sandra announced last week that she **is expecting** her second baby.
（桑德拉在上週宣布，她懷了第二個孩子。）

We expect you to do. 「你會為我們做～吧」！

　　「expect」是一個傳達出「希望可以這樣」的高期待動詞。若説出：「We expect you to do your best.」就有「你應該會為我們盡最大的努力吧！」的意思。若希望對方做些什麼的時候，我們比較常使用「hope」或「wish」，但假設要邀請他人來派對時，與其説：「We hope you will be coming.（您若能來，我們會非常高興）」，不如説：「We are expecting you.（你會來吧！？）」會比較具有效果。聽到你這樣説的時候，對方會難以説「No」。傳遞出期待的同時，也向對方施壓，不妨把這個高等技巧記下來。

◆ 補充重點

　　「expect」也有「懷孕」的意思，雖然經常用於日常會話，但大部分人卻不知道。如果説：「She is expecting a baby.」，意思並不是「她想要有個孩子」，而是「她預計要生產／她懷孕了」，或用「She is expecting.」來表現。另外，詢問「預計何時生產？」可以説「When is she due?」。

(Questions)

　　請試著用「expect」將下列句子換成英文。

❶ 我期待你可以在預算範圍內搞定。

❷ 她預計在九月份生下第一個孩子。

(Answers)

❶ 「預算範圍內」為「within the limits of the budget」，或可用「within (a) budget」來表示，正確解答為：
I expect you to complete the work within the limits of the budget.

❷ 正解為：She is expecting her first baby in September.

familiarize

[fə`mɪljə,raɪz]

感到如家人般熟悉

重要句型

❶ It took almost one month to **familiarize** myself with my new job.

（我大概花了一個月的時間，來熟悉新工作。）

❷ I think you should take the time to **familiarize** yourself with the new machine.

（我覺得你挪出一些時間，讓自己熟悉新機器會比較妥當。）

❸ This game will help **familiarize** your child with the world of numbers.

（這個遊戲會幫助你的小孩熟悉數字。）

❹ We need to **familiarize** our employees with the emergency procedures.

（我們必須要讓員工熟悉緊急時刻的處理程序。）

I familiarized myself with a new job.「我習慣了新工作」

　　「familiarize oneself with」的用法，大約佔「familiarize」整體使用形式的 42%，所以只要學會這個文型就好。基本的意思是「習慣○○」，根據上下文也有「更熟悉○○」、「更理解○○」的語感。因為經常使用「familiarize oneself with new position（習慣新的職務）」、「familiarize oneself with situation（習慣狀況）」等表現，所以請直接記起來。

◆ 補充重點

　　説到「習慣」，有人會想起英文考試背誦過的「get used to」或是「be accustomed to」，但是這兩者的語感與「familiarize」不同。「familiarize」是由「familiar（親近）」與「family（家人）」組成的詞彙，所以有「像是自己的東西般熟悉」的語意，「get used to」只是單純表示「隨著時間的經過同時習慣了」的意思。另外，我們可以從「be accustomed to」中的「custom（習慣）」，了解到這個説法有「藉由養成習慣來習慣」的意思。

> Questions

　　請試著用「familiarize」將下列句子換成英文。
❶ 經過三個月的時間，我習慣了日常的工作。
❷ 要熟悉新的軟體，似乎要花很多時間。

> Answers

❶「日常的工作」是「routine」，所以完整的句子是：
I have familiarized myself with the routine in three months.
❷ 正確解答是：It will take some time for me to familiarize myself with the new software.

guarantee

[ˌgærən`ti]

信誓旦旦地承諾「絕對沒問題」

重要句型 🎧

❶ You'll love this movie, I **guarantee** it!
（你一定會喜歡這個電影，我保證！）

❷ There is a secret formula that will **guarantee** big success.
（這裡有個能保證大獲成功的秘訣。）

❸ Our products **are guaranteed** to give 100% satisfaction in every way.
（我們公司的產品保證在各方面都能給予 100% 的滿意度。）

❹ If we do not receive payment, we are unable to **guarantee** availability of the products ordered.
（若我們沒有收到款項，將不能保證您可以拿到訂購的商品。）

I guarantee it! 「絕對沒問題！」

若是將「guarantee」記成「保證」，腦海中往往只能出現有限的表現方式，像是「保證品質」、「保證安全」等等，但其實這個動詞不論是日常生活或正式場合，都廣泛被使用，而在這之中的「I guarantee it!」更是出現頻率非常高的片語。中文就是「我保證！」或是「我認為絕對沒有問題！」的意思。可以作為強而有力地鼓勵對方，或是在難以做決定的人背後推他一把等場合中使用。

另外，保證「沒問題！」的片語中，還有「Absolutely!」或是「For sure!」，但依照肯定的程度排序，就是「Absolutely! ▶ I guarantee it! ▶ For sure!」。雖然在商務場合中若使用過頭會被他人看輕，但這些片語出現的頻率非常高，大家可以先記在腦海中。

此外，「guarantee」也經常作為名詞被使用。例如，「What kind of guarantee can you give me the machines is safe?（你能給我什麼樣的保證機器是安全的？）」等等。

Questions

請試著用「guarantee」將下列句子換成英文。

❶ 我保證萬事順利！
❷ 若你誠實且樂意拚命工作，我保證你能在這領域中成功。
❸ 我認為結果一定包君滿意。

Answers

❶ 正解為：Everything will go well, I guarantee it!

❷ 「誠實」為「sincerity」，「樂意拚命工作」以「willingness to work hard」表現，整句話為：
Sincerity and willingness to work hard can guarantee a big success in this field.

❸ 正確解答為：I guarantee you will be satisfied with the result.

indicate

[`ındə,ket]

用手指表示「這個」

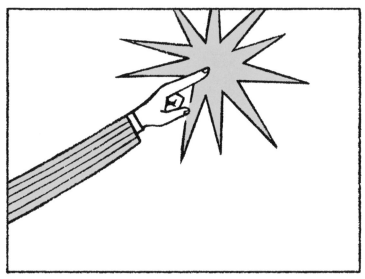

重要句型

❶ Our survey results **indicate** that only 2% of our customers are dissatisfied with our services.
（我們的調查結果顯示，只有2%的顧客不滿意我們的服務。）

❷ The presenter **indicated** the map on the wall.
（發表者指著貼在牆壁上的地圖。）

❸ Jim **indicated** to me that he would be interested in working with us.
（吉姆向我表示，他有興趣與我們一起工作。）

❹ Could you **indicate** a convenient date for our next meeting?
（可以請您告訴我下次方便開會的日期嗎？）

This figure indicates~.「這個數字表示～」

　　「indicate」是一個在發表事情時經常使用的動詞，例如：「This figure indicates~.（這個數字表示～）」、「This graph indicates~.（這個圖表顯示～）」，特別適合在研究發表中想要迴避果斷的發言，或不確定等情況下使用。但若亂用「indicate」這個動詞，有可能會使發表充滿太多不確定性，讓人覺得不夠專業。

　　這時可以改用「show」，因為這個詞彙沒有含糊的意味。在初級至中級的英文裡，用來表達「表示」的有「show」、「indicate」、「suggest」，但若按照「確實表示」的程度排序，依序是「show ▶ indicate ▶ suggest」。

Questions

　　請試著用「indicate」將下列句子換成英文。
❶ 這個圖表顯示了女性管理階級的比率（ratio）。
❷ 這個庫存數量表示營業部門銷售低迷。
❸ 這個數字為第一季（the first quarter）的銷售額。

Answers

❶「圖表」的英文為「chart」，「女性管理階級」的英文為「female manager」，完整句子是：
This chart indicates the ratio of the female managers.

❷ 正確解答為：The quantify of our stock indicates that our sales has decreased.

❸「銷售額」的英文為「sales amount」。正確解答為：
This number indicates the sales amount during the first quarter.

inform

[ɪnˋfɔrm]

精準傳達正確的資訊

重要句型

❶ Could you **inform** me of the current status of my application?

（可以請您告訴我，我的申請書現在的狀況嗎？）

❷ Please **inform** me when Dr. Johnson returns to the office.

（強森博士回到辦公室後請通知我。）

❸ I am calling to **inform** you that your application has been accepted.

（我正想打電話通知您，您的申請已被受理。）

❹ We will **be informing** the competition winners of their results this week.

（我們將在本週內公佈比賽的優勝者。）

Could you inform me of~?「能否告訴我關於～」

　　想要表達「請你告訴我關於～」時，腦海中第一個浮現的就是「Could you tell me~?」的句型。若是較為輕鬆的對話，這個說法沒有問題，但若是在較為嚴肅的商務場合也使用這個句子，會顯得十分不自然。這個情況下，說「Could you inform me of~?（能否告訴我關於～）」能夠留下比較好的印象。

　　若希望對方告知您正確的訊息，像是地點、通訊地址、詳細內容等等，這種表現也比較有效果。基本動詞「tell」不太容易表達出「告知正確的資訊」的語感。另外，也請留意「inform」經常與帶有「關於、屬於」意思的介系詞「of」一同出現。常與「of」搭配使用的動詞，還有「notify」、「remind」等等。

（Questions）

　　請試著用「inform」將下列句子換成英文。
❶ 是否能告訴我關於那個計畫的概要（outline）？
❷ 能告訴我公司的地點與通訊地址（contact address）嗎？
❸ 請問您可以用電話告知我檢查的結果嗎？

（Answers）

❶ 若使用「tell」，可說「tell me the outline」，而「inform」一定是「inform 人 of / about something」的形式。正確解答為：
Could you inform me of the outline of the plan?

❷ 「地點」的英文是「location」，所以正確句子為：
Could you inform me the location and contact address of your company?

❸ 「檢查的結果」可用「the results of the test」，完整句子為：
Could you inform me of the results of the test by telephone?

inspire

[ɪnˋspaɪr]

將某件事物注入於人的意識裡

重要句型 🎧

❶ His book **inspired** me with hope and courage.
（他的書讓我湧出了希望與勇氣。）

❷ The doctor's diagnosis does not **inspire** confidence for my health.
（醫生的診斷，並沒有讓我對自己的健康有自信。）

❸ **Inspired** by the TV, we decided to go out for dinner.
（透過電視節目的啟發，我們決定外出吃晚餐。）

❹ I suspect that his attitude toward me **was inspired** by bad rumors.
（我猜想，他對我的態度大概是受到不好傳聞所影響。）

It inspired me with confidence. 「這帶給我自信。」

事實上，約有 39% 會將「inspire」用於「A inspire人with B（A使人擁有 B）」的句型。像是很常聽到的「inspire someone with confidence（使某人擁有自信）」、「inspire someone with joy（使某人開心）」、「inspire someone with love（帶給某人愛）」等表現方式，所以請各位完整記住這些片語。

另外，「inspire」中有像是「給予朝氣」、「使振奮」、「鼓舞」、「給予活力」等正面意象，但在「注入或引起某種感情與思想」的意思中，其受詞也有可能是負面意味的詞彙，例如，「inspire anger（激怒）」、「inspire disgust（引起反感）」、「inspire fear（喚起恐懼）」等形式。

Questions

請試著用「inspire」將下列句子換成英文。
❶ 這份工作可以帶給我很大的快樂。
❷ 成功帶給他自信。
❸ 他的言行舉止使大家感到不舒服。

Answers

❶ 「很大的快樂」的英文為「great joy」，所以正確的解答為：
My job inspires me with great joy.
❷ 正解為：His success inspired him with confidence.
❸ 「言行舉止」的英文是「behavior」，「不舒服」的英文為「discomfort」，所以正解為：
His behavior inspires everyone with discomfort.

intend

[ɪnˈtɛnd]

把感覺筆直地朝向某個方向

重要句型

❶ I did **intend** to participate in that event, but my schedule was full.
（我原先打算要參加那個活動，但我的行程已經排滿了。）

❷ I **intend** to promote her to the position of regional manager.
（我打算提拔她成為地區經理。）

❸ The company **is intending** to release a new product next year.
（公司打算在明年發表新產品。）

❹ Be sure to use this product only for its **intended** purpose.
（請務必在規定的用途內使用本產品。）

I intend to do. 「我打算做～」

想要表達「我打算做～」的時候，首先出現在腦海中的英文，應該會是「I am going to~」的表現方式，但若各位的目標是更上一層的英文能力，希望大家可以從「打算做～」的程度來區分出細微的語感差異。如果能夠正確區分句子的語感，其意思也將不同。

- I plan to（我計畫～）
- I intend to（我以做○○的方向前進）
- I am likely to（我現在算是在做○○的流程中）
- I am going to（我預定的○○已經正在進行中）

若想明確傳達「我打算做○○」時，可使用「intend」，它可以精準傳遞出已經下了決定，或確實打算要付諸行動的事。

◆ 補充重點

「be intended for（針對○○）」的表現方式出現的頻率也非常高，例如，「intended for beginners（針對新手）」、「be intended for oral use（口服使用）」等，不妨順道記起來。

Questions

請試著用「intend」將下列句子換成英文。
❶（我們）以在四月發表新產品的方向前進。
❷ 公司正以於下個月開始新服務的方向前進。

Answers

❶「新產品」的英文是「new product」，「發表」的英文則為「release」。整個句子為：
We are intending to release a new product in April.

❷ 正確解答為：The company intends to start their new service next month.

involve

[ɪnˋvɑlv]

捲入某事物之內

(重 要 句 型)

❶ Being a manager **involves** spending a lot of time dealing with the issues of the employees.

（身為經理，就得花費很多時間處理員工的問題。）

❷ Individuals **involved** in the argument tend to think they are more "right" than the others.

（參與議論的人，容易認為自己比他人正確。）

❸ Taking an active role in your life and work **involves** taking some risks.

（積極地扮演人生的角色與事業，多少都伴隨著風險。）

❹ It is important to understand precisely what **is involved** in this case.

（準確理解這件事情與什麼有關，是非常重要的。）

I am involved in~.「我與～有關係。」

　　「involve」經常被用於日常會話或其他場合中，但實際上能活用的人並不多。使用頻率最高的模式是「be involved in~（與～有關聯）」，例如，「Are you involved in this project?（你有涉及這個計劃嗎？）」、「He is involved in this case.（他與這個案件有關）」。只要記得這個模式，「involve」就會變成非常好用的動詞。

　　另外，「involve」還可以用於其他像是「伴隨」、「含有」的意思，像是「involve someone in the argument（將某人捲入議論中）」、「involve someone in trouble（將某人捲入麻煩之中）」、「involve taking risk（伴隨風險）」等表現方式。

Questions

　　請試著用「involve」將下列句子換成英文。
❶ 她似乎與這次的糾紛（trouble）有關。
❷ 你是否有參與他的陰謀（plot）？
❸ 因為他，我被捲入了麻煩之中。

Answers

❶ 「似乎」可用副詞「apparently」來表達「看起來似乎～」的語感，完整句子是：
Apparently, she is involved in his trouble.
另外也可使用「It seems that（好像是～）」，或是I'm afraid that（恐怕～）」。

❷ 正確解答為：Are you involved in his plot?
「陰謀」也可用「conspiracy」或「intrigue」等單字。

❸ 這似乎是司空見慣的場面。「麻煩」的英文是「trouble」，所以正解為：
I was involved in the trouble because of him.

permit

[pə`mɪt]

有權威之人，允許做某事

重要句型 🎧 ▣

❶ If you **permit** me, I will escort you to your seat.
（如果你允許，請讓我護送你到你的座位。）

❷ I will try to find the best way so far as time **permits**.
（若時間允許，我打算找到最好的方法。）

❸ If the circumstances **permit**, secure your area by closing doors behind you.
（若狀況許可，請關起你後面那扇門，確保所在區域的安全。）

❹ No visitors **are permitted** to enter the new product development area.
（參觀者不得進入新產品開發區。）

If time permits. 「如果時間允許。」

如同例句❹，大家都知道「permit＝允許」的使用方式，但若是「if time permits（如果時間允許）」等利用條件式的句型，就是難度有點高的句型。不過這個句型派上用場的機會非常高，如果要學會更高級的英文，就請務必記住這個表現方式。「if I have time（如果有時間）」雖然也沒有問題，但「permit」更能讓人留下幹練的印象。其他常聽到的還有「weather permitting / if the weather permits（若天氣允許）」、「if circumstances permit（若事情允許）」等等。

Questions

請試著用「permit」將下列句子換成英文。
❶ 如果預算允許，我想引進新的設備（new equipment）。
❷ 若你的日程安排表允許，我想把會議往後延一週。
❸ 在我們等待的期間，請讓我為您準備飲品。

Answers

❶「預算」的英文是「budget」，「引進」則為「introduce」，所以完整句子為：
If our budget permits, we want to introduce the new equipment.

❷「往後延」可使用「put off」。正解是：
If your schedule permits, I want to put off the meeting for a week.

❸ 因為「等待的期間」是「while we are waiting」，所以句子為：
Permit me to get you a drink while we are waiting.
這種表現方式十分嚴謹且謙卑，無論是多正式的場合，大部分的會話中使用的禮貌程度為「Allow me to~」就沒有問題。

refuse

[rı`fjuz]

毅然拒絕

重要句型

❶ I am sorry if I let you down, but I have to **refuse** your offer.
（很抱歉辜負了您的期待，但我必須回拒您的邀約。）

❷ Hispanic people are likely to **refuse** a job if they disagree with company's environmental policy.
（西班牙人無法認同企業的環境政策時，可能會回絕這份工作。）

❸ The request is understood, but has **been refused** by the authorities.
（我理解您的需求，但因當局的方針，請容許我拒絕。）

❹ Your visa application could **be refused** for a number of reasons.
（您的簽證申請，有可能會因為一些理由而遭到退回。）

I have to refuse. 「我必須得拒絕」

　　簡單來說，「refuse」就是「No」的意思。原本的語感就是「毅然拒絕」對方的提議或是想法。雖然是很常使用的動詞，但實際上要向對方說出口的情況時，為了使事情更加圓滑，不妨在前面先說「I am sorry to say（很抱歉地）」，之後才說「I have to refuse your proposal.（我不得不拒絕您的提議）」，這樣會留下良好的印象。這種表現形式是在難以拒絕的時候可以使用的基本款，因為可以果斷拒絕對方，卻又不損害對方的心情。

　　另外，「拒絕」的同義詞還有「decline」、「reject」，若以「果斷的程度」由弱到強排序，順序是「decline ▶ refuse ▶ reject」。「decline」帶有「I don't think so.（我不那麼認為）」的婉轉拒絕的感覺，相反地「reject」則是連再次考慮的空間都沒有的態度，果斷告知對方。

Questions

　　請試著用「refuse」將下列句子換成英文。

❶ 很抱歉地，你的申請被駁回了。

❷ 希望您能不生氣地聽我說，您的要求我們沒有辦法接受。

Answers

❶ 「很抱歉地」會使用慣用句「I am sorry to say」。整句為：
I am sorry to say this, but your application was refused.

❷ 「希望您能不生氣地聽我說」或許有點難以轉換成英文，但我們可以使用「I do not want to upset you」，比較輕鬆的語氣，可以說「Please don't be upset」或是「Please don't be mad at me」等等。假如可以把像這樣的緩衝詞彙一起背起來，往後使用上會十分方便。正確解答為：
I do not want to upset you, but I have to refuse your request.

學會「字首遊戲」，背單字不再辛苦

　　若想要透過學習語源，來增加單字量，不妨將目標放在字首，也是一個好方法。英文有許多字首，以下舉例幾個以「ex-（朝外）」為字首的重要動詞。

- exclude：ex（向外）＋culde（關閉）　除外
- excuse：ex（向外）＋cuse（責備）　辯解、原諒
- expand：ex（向外）＋pand（拓寬）　擴大
- expect：ex（向外）＋pect（看）　期待
- expedite：ex（向外）＋pedite（鐐銬）　促進
- explain：ex（向外）＋plain（清楚地）　說明
- explicate：ex（向外）＋plicate（折疊）　重複說明
- export：ex（向外）＋port（運送）　出口

　　我的課程中，有一項「字首遊戲」，也就是「選出3 個字首，每個字首至少要查詢並背誦 20 個擁有該共同字首的單字；接著再查詢 300 個與這 60 個詞彙有共同字首、字根的單字」。上課的學員都很順利地背起 300 個單字，甚至大部分的人增加至 1000 個詞彙。課程結束後，已經沒有任何一個人覺得單字很難背。

　　以下我舉出幾個常用的字首，請各位務必嘗試這個「字首遊戲」：

　　un-、re-、in-/im-/il-/ir-（非～）、dis-、en-/em-、non-、in-/im-（在裡面）、over-、mis-、sub-

PART

4

區別初級動詞與中級動詞的使用方法

什麼時候用 sorry? 什麼時候用 apologize?
學會這16 個動詞,
就能依照場合與對象的不同,
更精準地傳達訊息

apologize

[ə`pɑlə,dʒaɪz]

正式謝罪

重要句型 🎧

❶ We **apologize** for the delay of shipment this week.
（很抱歉這週的出貨延宕了。）

❷ She **apologized** for arriving late at the meeting.
（她對會議遲到表示歉意。）

❸ This company formally **apologizes** for the behavior of some of our managers.
（這家公司對於數名經理的行為正式道歉。）

❹ The CEO will be releasing a statement this week **apologizing** for the recent scandal.
（針對最近的醜聞，執行長預定要在本週發表道歉聲明。）

I'm sorry ▶ I apologize

　　道歉時該使用「I apologize」還是「I'm sorry」，我想很多人都不知道區分的標準。在日常會話中使用頻率較高的絕對是「I'm sorry」，其比例約為 1：22。最基本的區分標準，就是有無明確道歉的必要。「sorry」可用在單純想要表達遺憾，或是想要道歉的時候，所以意思非常含糊。若在職場等有明確責任歸屬且想要道歉時，使用「apologize」就比較不會遭到誤解。另外，若要特別加強道歉的力度，可說「deeply apologize」、「seriously apologize」等表達方式。

◆ 補充重點

　　若欲向主管或是客戶慎重道歉，可加上「would like to」，像是「I'd like to apologize for missing the planning meeting.（很抱歉我無法出席會議）」等形式，在道歉時會比較有效果。

(Questions)

　　請試著用「apologize」將下列句子換成英文。
❶ 很抱歉我遲到了。
❷ 造成您的不便（inconvenience），我由衷感到抱歉。

(Answers)

❶ 這是一句非常常用的片語。正確解答為：
I apologize for being late.
❷ 「由衷」可以用「deeply」表現，正解為：
I deeply apologize for the inconvenience I caused.
　「針對做了～事情道歉」可用「apologize for doing~」。

approve

[əˋpruv]

有權限之人批准「可以」

重要句型

❶ Once our manager **approves** of this change, we can move forward.
（只要經理一批准這個變更，我們就可以繼續前進。）

❷ The strict aunt did not **approve** of the teenagers' choices of clothing.
（嚴格的阿姨不認同年輕人選擇服裝的眼光。）

❸ Your application **was** not **approved** after the background investigation.
（經過身家調查，您的申請沒有被核准。）

❹ Congratulations! You have **been approved** for a new credit card!
（恭喜你！你的新信用卡已經核准了！）

We agree to it ▶ We approve it

「approve」這個動詞比較少在日常生活中使用，但卻頻繁出現在與合約或規則有關的商務場合中，特別是在寫作中尤其重要，請務必學會這個動詞的用法。例如，以公司的立場想說「我同意該計畫」時，合適的說法是「We approve the plan」，而不是「We agree to the plan」。

「agree」包含了個人的想法，帶有「我是那麼認為」，較為輕浮的意思；反觀「approve」是「握有某種權利的人所認同」的意思，是一個相當具有份量且誇張的動詞。

同樣地，若想表達「董事全員一致認同明年度的預算」時，最佳的說詞是「Every board member approved the budget for the next year.」當然還是可以使用「agree」，但表現比較不自然。

(**Questions**)

請試著用「approve」將下列句子換成英文。

❶ 雖然我已經竭盡所能，但設計的變更終究沒有獲得認可。

❷ 因為預算沒有被批准，所以計畫依然停滯不前。

(**Answers**)

❶ 「終究」使用「after all」表現，答案為：

Although I tried my best, the change of design was not approved after all.

❷ 用「be suspended」可以表現出「被中斷」的意思，所以正確解答為：

Since the budget was not approved, the project has been suspended.

attribute

[ə`trɪbjʊt]

認為原因在於某事物之中

重要句型

❶ The research **attributed** the rise in crime to the high rate of unemployment.
（該研究把犯罪率攀升的原因歸究於高失業率。）

❷ The CEO **attributes** his success to having a positive attitude.
（該執行長認為他的成功，是因為他有積極的態度。）

❸ The historian discovered a symphony **attributed** to Mozart.
（歷史學家發現了莫札特所做的交響曲。）

❹ The quote has **been attributed** to the Prime Minister.
（這段引述的話，是首相所說的。）

Because of~ ▶ It is attributed to~

當我們想表達「銷售量降低 20% 是因為營業部人員不足」時，可以有下列兩種說法：

A：The 20% decline in sales is attributed to the lack of staff members in the Sales Department.

B：Sales are declining by 20% because of the lack of staff members in the Sales Department.

若在輕鬆的場面，使用 B 句沒問題，但若是需要穿著正式且用簡報軟體報告的場合時，用 A 句會比較適當。B 句給人感覺過於不正經，會留下不太好的印象。另外，「attributed to」雖然會被翻譯為「○○害的」，但這個單字本身沒有責怪的語感，因此，客觀地說明「原因在於○○」時也可以使用。

(**Questions**)

請試著用「attribute」將下列句子換成英文。

❶ 他本次的成功，歸究於他每日的努力。

❷ 該交通事故的原因，是開車速度太快。

❸ 推特上那則被認為是她寫的訊息是個騙局。

(**Answers**)

❶ 正解為：His success is attributed to his daily efforts.

❷ 「原因是因為做了○○」可用「attributed to doing」的形式表現，正確答案為：

The car accident was attributed to driving too fast.

❸ 「騙局」在這邊可以使用「a hoax」。完整句子為：

Twitter messages attributed to her were a hoax.

derive

[dɪˋraɪv]

從有緣由的事物，像河流般衍生出去

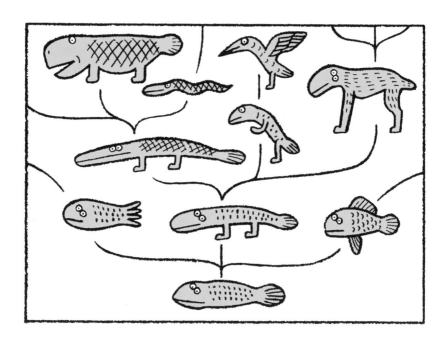

重要句型

❶ Most English words **are derived** from Latin.
（大部分的英文單字都是由拉丁文衍生出來的。）

❷ Just try to **derive** the meaning of the word from the context.
（請從上下文思考這個詞彙的意思。）

❸ Some medicines **are derived** from plants.
（有些藥品是由植物提煉而成。）

❹ Many people **derive** great pleasure from their careers.
（多數人從工作中獲得極大的喜悅。）

come from ▶ derive from

　　這個動詞基本的意象就是「河流」（-rive 即指 river）。試著把水從源頭流到另一端的畫面，並與「derive A from B」一起放進腦中，再把帶有正面含意的詞彙，如「樂趣（amusement）」、「知識（knowledge）」、「喜悅（pleasure）」、「滿足（satisfaction）」、「利益（benefit）」當作受詞，變成「derive knowledge from~（從○○中獲得知識）」、「derive satisfaction from~（從○○中獲得滿足）」的形式。

　　若單純就「從○○而來」的意思上來看，「derive from」與「come from」是相同的，但是「derive from」會給人留下較知性且專業的印象，特別若是在表達財務或科學領域的事情時，使用「derive from」較能提升對方對你的信賴度。

Questions

　　請問下列的文章，哪個比較適合題目的場合？

❶「administer」這個詞彙是從兩個拉丁文字組合而來的。

A：The word 'administer' is derived from a combination of two Latin words.

B：The word 'administer' comes from a combination of two Latin words.

❷ 她是大家族出身。

A：She is derived from big family.

B：She comes from a big family.

Answers

❶ 因為是屬於知識性的內容，所以 A 句比較合適。

❷ 當要說「人出身於○○」的時候，對話場合比較輕鬆，因此使用「come from」的 B 句為正確答案。

detect

[dɪ`tɛkt]

查明不容易了解的事物

重要句型

❶ It is hard to **detect** lies told in the magazines.
（很難察覺雜誌中提到的謊言。）

❷ My boss never **detects** a change in my mood.
（我的主管沒有察覺到我的心情改變了。）

❸ The doctor **detected** the beginning stages of breast cancer.
（醫生發現了初期的乳癌。）

❹ They **detected** small amounts of radiation from the facility.
（他們從該設施中，檢測出少量的輻射物質。）

find ▶ detect

當想要表達「終於找到原因了」時，我們會想到「find」與「detect」兩種表現：

A：I have finally found the cause.

B：I have finally detected the cause.

A 句的語感是藉由某次的偶然而了解原因，相對地，B 句則是從各方面盡可能調查且理解原因。即使意思同樣是「查出」，但給他人的印象卻截然不同。「detect」本來的意思是「查明容易不了解的事物」，像是犯人、壞事、祕密等等。因此受詞大多都是「難以發覺的事物」，例如「detect a lie（看穿謊言）」、「detect an error（發現錯誤）」、「detect alcohol（測出酒精）」等等。而測謊機、酒精測量器等器具稱做「lie/alcohol detector」，請作為參考。

另外，雖然「discover」同樣指「發現」，但意思是「發現至今為止不曾知曉其存在的事物」；而「notice」則是指「用五官去感受並發現」。

(Questions)

請試著用「detect」將下列句子換成英文。

❶ 該執行長從五年前，就發現了市場的巨大變化。

❷ 這個機器，可在短時間內檢測出產品的錯誤。

(Answers)

❶ 正確解答為：The CEO has detected a big change in the market over five years.

❷「產品的錯誤」可以用「errors in products」表現，所以正確解答為：

This machine can detect errors in products in a short time.

determine

[dɪˋtɝˏmɪn]

毅然決然地跨過分界線，當機立斷

重要句型

❶ He **was determined** to accept the offer.
（他決定要接受該邀約。）

❷ How did you **determine** that he was the one who robbed the bank?
（你是怎麼確定他是其中一位搶銀行的人呢？）

❸ The cause of the fire has not yet **been determined**.
（火災的原因尚未確定。）

❹ I believe that my doctor **determined** the best treatment.
（我相信我的醫生選擇了最好的治療。）

decide ▶ determine

　　說到「決定」，腦海中或許會先浮現「decide」，雖然意思十分相近，但「determine」的決心比較堅固。「decide」的語感是在躊躇中先做個決定，根據狀況，有可能隨時顛覆曾經做過的決定，這種程度的「決心」就是「decide」。「We decide to give it a try.（總之決定先試著做看看）」是最為典型的表現方式。

　　與之相比，若表現出從清水寺的舞台跳下去般堅固的決心，就是所謂的「determine」。「He is determine to survive（他決心要生存下去）」，若換成「decide」，就會變得很不通順。

◆ 補充重點

　　「determine」中最常使用的形式是「be determine to do」，例如「I am determined to win.」。如果主詞為被動式，就不是表現「行為」而是「狀態」，使用上要多加注意：

- She has determined to get custody of the baby.
  她決心要取得嬰兒的監護權。（行為）
- She is determined to get custody of the baby.
  她已經做了堅定的決心，要取得嬰兒的監護權。（狀態）

Questions

　　請試著用「determine」將下列句子換成英文。

❶ 即使罹患奪去父親性命的癌症，我也決定要活下去。

❷ 她的決心很堅定，似乎難以說服。

Answers

❶ 像這樣堅定的決定，正是使用「determine」。正確解答為：
I was determined to survive the cancer that took my father's life.

❷ 正解為：She is so determined that I cannot persuade her.

devise

[dɪˋvaɪz]

下功夫，花巧思製作出某物

重要句型

❶ I will **devise** a new plan by next Monday.
（下週一之前我會想出新的方案。）

❷ We need to **devise** a strategy to increase profitability.
（為了增加收益，我們需要想出新的策略）

❸ I **devised** a monster costume for my daughter before Halloween.
（在萬聖節前，我為了女兒設計了怪物服裝。）

❹ Scientists are trying to **devise** a better method to recover rare metals.
（科學家們正試圖發明新的方法，來再生稀有金屬。）

come up with ▶ devise

　　「devise」這個動詞本身含有「下功夫，花巧思製作」的語感，受詞也經常會使用與「方法」、「策略」有關的名詞，像是「devise a plan（設計方案）」、「devise a strategy（想出策略）」、「devise a method（思考方法）」等等。另外，擁有與「devise」幾乎相同意思的，還有「come up with」，但「come up with」所帶的語感是「一點點的巧思」、「靈機一動」，而「devise」則是藉由經驗與知識，下過功夫後產生出來的內容。

Questions

　　請試著用「devise」將下列句子換成英文。

❶ 他費盡心思，終於想出解決方案。

❷ 要想出這次的策略，絕非易事。

❸ 如果是他，可能會有辦法想出這個症狀的良好療法吧！

Answers

❶ 「費盡心思」可用「after a great struggle」表現，正確解答為：
He finally devised a solution after a great struggle.

❷ 「想出策略」經常以「devise a strategy」的形式表現，因此正確解答為：
It is not easy to devise a strategy this time.

❸ 「療法」為「healing method」，所以完整的句子為：
He would be able to devise good healing methods for this symptom.

discuss

[dɪˋskʌs]

有建設性地談論

重要句型 🎧

❶ I would like to **discuss** the matter further.
（我想進一步討論此事。）

❷ This topic will **be discussed** at the next meeting.
（此話題將會在下次會議中討論。）

❸ I do not want to **discuss** personal matters.
（我不想討論個人話題。）

❹ We had a meeting with our son's teacher to **discuss** his progress at school.
（為了討論兒子在學校的發展，我們與他的老師有個面談。）

talk about ▶ discuss

當想要表達「讓我們來討論這個問題」的時候，有「talk about」與「discuss」兩種說法：

A：Let's talk about this issue.

B：Let's discuss this issue.

相較於 A 句帶有含糊討論的感覺，B 句所指的是大家互相提出具有建設性的意見一起討論。在意思上，「talk about」不完全等於「discuss」。若用在比較休閒的場合，像是「我們來討論一下週末的旅行吧！」，用「talk about」沒有問題；若是需要慎重討論且必須做出結論的情況下，使用「discuss」比較合宜。

其他也同樣含有「討論」意思的動詞，還有「argue」與「debate」，每一個動詞的語感都有些差異。「argue」指的是「試圖把自己的立場與結論表示為是正確的」；而「debate」則帶有強烈地「在公開場合中，使贊成與反對的意見對抗」的語意。

Questions

請問下列畫線的部分，要填入「discuss」、「debate」，還是「talk」呢？

❶ The groups _____ about capital punishment.
（那些團體公開討論死刑。）

❷ I _____ the matter with my client for over an hour.
（我與顧客討論該問題超過一個小時。）

❸ Some kids _____ about everything with their parents.
（有些小孩可以和父母討論任何問題。）

Answers

❶ 因為是「公開地討論」，所以用「debated」較適合。

❷ 因為是在商務場合中「討論」，「discussed」是最佳答案。

❸ 這題是極為平常的生活場景，用「talk」就行。

enhance

[ɪnˋhæns]

把已經很好的事物弄得更好

 重要句型

❶ We are currently using this manual to **enhance** our levels of service.

（我們目前正使用這份工作手冊，以提高服務水平。）

❷ We tried to **enhance** the taste by using Japanese traditional spices.

（我們試著用日本傳統的辛香料，改良食物的口味。）

❸ Here are seven ways Mr. Johnson tries to **enhance** his class.

（強森老師試圖用這七種方法改善他的授課。）

❹ Japan and India will further **enhance** the long-term relationship between the two countries.

（日本與印度將進一步加強兩國之間的長期合作關係。）

make better ▶ enhance

　　「enhance」這個動詞本來的意思是「把已經很好的事物弄得更好」，雖然不常用於日常生活中，但在寫作中卻不可或缺。相似的同義詞有「improve」，但是「improve」指的是「藉由把不足的地方補足，讓其變好」，在語感上有差異。

　　經常使用的形式有「enhance ability（提高能力）」、「enhance health（變得更健康）」、「enhance reputation（提高評價）」等等，可以連同搭配的名詞一起背誦下來。

Questions

　　請試著用「enhance」將下列句子換成英文。

❶ 若想要升遷，就必須提高財務技能（financial skill）。

❷ 設備投資（capital investment）提高了生產力。

❸ 為了提高安全性，敝公司會持續研究。

Answers

❶ 「提高（必須熟練的）技能」可以使用「enhance skill」；「promote」為「使升遷」的意思，所以使用「be promoted」或「get promote」的形式，正確解答為：

If you want to get promoted, you need to enhance your financial skill.

❷ 「enhance productivity（提高生產力）」是經常會聽到的表現，「設備投資」也可改成「plant and equipment investment」，所以正解為：

The capital investment enhanced productivity.

❸ 「enhance safety（提高安全性）」也是固定的表現形式。正確解答為：

We continue researching to enhance the safety.

establish

[ə`stæblɪʃ]

建立出堅固的事物

重 要 句 型

❶ The business **was established** in 1995 and quickly became an industry leader.

（該企業成立於1995年，並迅速成為業界的領導者。）

❷ We could not **establish** the database connection because an error occurred.

（因為發生了錯誤，所以我們無法連接資料庫。）

❸ OPEC countries have agreed to **establish** a network to curb corruption.

（石油輸出國組織為了遏制腐敗，同意建立一個網路。）

❹ His dream is to **establish** himself in business.

（他的夢想是自行創業。）

make ▶ establish

若要説「該部門成立的目的，是為了要處理環境問題」時，有下列兩種説法：

A：This division is established to take care of environmental issues.

B：This division is made to take care of environmental issues.

若是一般場合，B 句就已足夠，但若是正式的商務場合時，A 句顯得比較自然。「establish」雖然很常與「company（公司）」、「organization（組織）」、「department（部門）」等單字結合使用，但其他表現方式，像是「establish a database connection（確立資料庫的連接）」、「establish a system（整頓系統）」、「establish a network（建構網路）」等等也很常聽到，不妨先行記在腦海裡。另外，同義詞「found（設立）」只限用於巨大組織的情況，使用的頻率不太高。

◆ 補充重點

「establish oneself（as）」的形式，意思是「確立自己（作為○○）的地位」，像是「establish oneself as a politician（確立自己作為政治家的地位）」常常被使用。

(**Questions**)

請試著用「establish」將下列句子換成英文。

❶ 一開始先做出架構（framework）會比較有效率。

❷ 他藉由在派對中與很多人對談，做出了不在場證明（alibi）。

(**Answers**)

❶ 正解為：It will be more efficient to establish a framework first.

❷ 正解為：He established an alibi by attending a party and speaking to many people.

innovate

[ˋɪnəˌvet]

採用新的事物，並馬上改變

重要句型

❶ The new manager will **innovate** in management methods.
（新的經理可能會改革管理方法。）

❷ We have **innovated** a new accounting system for the AAA company.
（我們為了AAA公司引進了新的會計系統。）

❸ We need to recruit someone with an ability to **innovate** within our company.
（我們必須招募擁有改革公司能力的人才。）

❹ Our mission is to **innovate** technologies for preventing future greenhouse gas.
（我們的使命，是引進抑制將來溫室效應氣體的新技術。）

change ▶ innovate

「innovate」的意思是「採取、改革、引進新的事物」，特別是開始使用新的想法、方法、發明等等，常會使用「innovate in method（改革方法）」、「innovate a system（引進新的系統）」、「innovate technologies for renewable energy（引進可再生能源的技術）」等形式。

特別是在商務場合，若單純指「改變」時，用強而有力的「innovate」，會比「change」給他人的印象更加積極且具創新能力。另外，同義詞「change」原本的意思是「把原本的東西，切換成不一樣的狀態」，所以不一定限於新的狀態或事物。談到「切換」，還有「create」、「devise」等同義詞彙，「引進某種新事物」則可使用「instigate」或renovate」等等。

Questions

請試著用「innovate」將下列句子換成英文。
❶ 明年我們預計要改革產品的陣容（product lineup）。
❷ 敝公司要採取新的人事制度（personnel system）。
❸ 他們創業以來，不斷地在產業界刮起新風向。

Answers

❶ 正解為：We are planning to innovate in our product lineup next year.
❷ 「引進」也可以使用「innovate」，正確解答為：
It has been decided that we will innovate a new personnel system.
❸ 正確為：They have innovated the industry since they began.

notify

[`notə,faɪ]

在公事上精確地傳達

重要句型

❶ We **were notified** that our proposal was rejected.
（我們被告知我們的提案被否決了。）

❷ Could you please **notify** me of your acceptance as soon as possible?
（能否請你儘早告知我，你是否會接受？）

❸ You will **be notified** once we receive approval from our boss.
（一旦我們收到老闆的批准，就會馬上通知您。）

❹ He tried to **notify** the officers on the scene right away.
（他試圖馬上通知在現場的警察。）

tell ▶ notify

若想表達「之後告知您結果」，我們有「talk」與「notify」兩種說法：

A：We will tell you about the result later.

B：We will notify you of the result later.

日常生活中，A 句很常被使用，且這是十分坦率的表現，但在工作場合中使用，就會給人稍微自大的印象。與之相比，B 句在日常生活中使用時會過於制式，但在職場等需要傳達公事的時候，就非常合適。同樣是「告知」、「傳達」的意思，卻給人截然不同的印象，特別是「notify」擁有在商務場合中「正式告知必要且重要資訊」的語感，若加上第一百二十四頁的「inform」，按照正式程度排列，就是「tell ▶ inform ▶ notify」。

Questions

下列的文章中，何者正確？

❶ 顧客告知了我下一個上班的地點。

A：The employee of our client company notified her next duty station to me.

B：The employee of our client company notified me of her next duty station.

❷ 媽，晚飯做好之後，可以跟我說一下嗎？

A：Can you notify me when dinner is ready, mom?

B：Can you tell me when dinner is ready, mom?

Answers

❶ 「向某人告知某事」適用「notify＋人＋of」的形式，所以正確解答為 B 句。

❷ 這是家人間輕鬆的應對場合，所以 B 較為適合。

obtain

[əb`ten]

活用並取得技能，且有權利持續持有

重要句型

❶ I **obtained** my driver's license when I was 18.
（我十八歲的時候考取了駕照。）

❷ More information can **be obtained** on the website.
（更多的詳情，可從網頁中取得。）

❸ Vitamins **are** well **obtained** through fresh vegetables, rather than by taking pills.
（從新鮮的蔬菜中攝取維他命，會比從錠劑攝取容易。）

❹ We need to **obtain** clearance from our boss to process this action.
（我們必須先取得老闆的同意，才能處理這個措施。）

get ▶ obtain

　　「obtain」與「get」同樣有「得到」的意思，相較於單純的「取得」，「obtain」更加正式，且還帶有「活用特殊技能或學習後取得」的語感，特別常與學位、資格、證照、權利有關的名詞結合使用，像是「obtain permission（取得許可）」、「obtain fame（取得名聲）」、「obtain a patent（取得專利）」等等。

◆ 補充重點

　　「achieve（辛苦後到達、達成）」與「obtain（持續持有達成後的結果）」很相似。「achieve」也常用相同的受詞，像是「achieve a promotion（實現升遷）」／「obtain a promotion（獲得升遷）」；「achieve the summit of Mt. Fuji（到達富士山頂）」／「obtain the summit of Mt. Fuji（征服富士山頂）」等等。

Questions

　　請試著用「obtain」將下列句子換成英文。
❶ 因為我要被調派至國外，所以必須要取得簽證。
❷ 我們想錄用在國外取得學位的學生。
❸ 他成功後得到了不朽的名聲（enduring fame）。

Answers

❶「transfer」有「調派」的意思，所以完整句子為：
I have to obtain a visa because I will transferred to work overseas.

❷「取得學位」可說「obtain a degree」，所以正解為：
We want to hire a student who obtained a degree abroad.

❸ 正解為：He obtained enduring fame because of his success.

retain

[rɪˋten]

保持至今的事物，一直留住不放手

重要句型

❶ Please **retain** these memos for future reference.
（請保留這些備忘錄以供將來參考。）

❷ You can **retain** this information on your computer.
（你可以用你的電腦儲存這個資訊。）

❸ Why is it hard to **retain** good employees?
（為什麼留住優秀的員工這麼難？）

❹ He **retains** both Japanese and American citizenship.
（他持有日本與美國兩個國家的國籍。）

keep ▶ retain

　　説到「保留」，就會想到使用頻率非常高的「keep」，但是「keep」是屬於休閒性質的動詞，所以若要留人正經的印象時，使用「retain」比較好。而且「retain」更是寫作中不可或缺的單字。例如，當想要表達「你必須用電腦保存資料」時，平常對話中我們會説：「You need to keep data on your computer.」，但若在正式場合中想使用「正經英文」時，不妨説：「You need to retain data on your computer.」。

　　另外，同樣意思為「請完整保留」、「保存」的詞彙中，「preserve」也與「retain」非常相似，像是「I retained these books for my grandchildren.（為了孫子我保留了這些書）」這個句子中，把「retain」換成「preserve」也幾乎是相同的意思。

Questions

　　請試著用「retain」將下列句子換成英文。

❶ 將來有可能會需要，所以請保管這份契約。

❷ 她持有新加坡的勞工簽證（work visa）。

❸ 請了病假（sick leave）之後，我還可以保留現在的職位嗎？

Answers

❶「將來有可能需要」可改為「將來要看的時候」，用「for future reference」表現。完整句子為：
This contract should be retained for future reference.

❷ 正確答案為：She retains a work visa in Singapore.

❸「保留職位」是「retain a post」，所以正解為：
Can I retain my post after taking sick leave?

require
[rɪˋkwaɪr]

循規蹈矩地要求

重要句型

❶ At least ten years of experience **is required** for this position.
（這個職務至少需要十年的經驗。）

❷ All the students **are required** to live on campus.
（所有的學生都被要求全體住宿。）

❸ These 12 substances may **require** more detailed warning signs.
（這十二個物質需要更詳細的警告標示。）

❹ This disease **requires** two injections per day.
（這個疾病必須每天注射兩次疫苗。）

need ▶ require

在寫作上，「require」這個單字很重要。只要將用「need」或「necessary」來表現的句子，改為「require」，就能給他人更加幹練的印象。例如：「You need a Ph.D. for this job. / A Ph.D. is necessary for this job.（這個工作必須要有博士學位）」，改成「A Ph.D. is required for this job.」，就變得比較專業。

另外，意思相近於「要求」的「request」，在語感上比「require」還要弱，「request」是「謹慎且不失禮地委託做○○」，而「require」則是「因為有規可循，所以強力要求做○○」。

（ Questions ）

請試著用「require」將下列句子換成英文。

❶ 至少要有五年以上的實務經驗（practical experience），才可以應徵這份工作。

❷ （這工作）需要的是溝通技巧，而非專業知識（professional expertise）。

❸ 你必須定期向主管報告。

（ Answers ）

❶ 這一段文字看似會出現在員工錄用標準的文章中，因為規定或規則而被「要求做○○」的情況下，會使用「something is required to do」的形式。把「全部的應徵者（all applicants）」放在句首，正解為：
All applicants are required to have at least five years of practical experience for this job.

❷ 「溝通技巧」的英文是「communication skills」。正確答案為：
Communication skills are required rather than professional expertise.

❸ 正解為：You are required to regularly report to your boss.

submit

[səb`mɪt]

將某物親手交給有權威之人

重要句型

❶ The assignment must **be submitted** by the end of the month.

（該作業必須在月底前交出。）

❷ All travel expenses must **be submitted** within a week.

（所有的旅行費用，必須在一周內提交。）

❸ The Prime Minister has **submitted** his resignation for personal reasons.

（總理因個人的因素已經提交辭呈。）

❹ In the story the hero refused to **submit** to the Evil.

（這個故事裡的主角拒絕服從邪惡。）

hand in ▶ submit

「submit」大致上可分為「提交」與「服從」兩個意思，使用頻率約為 8：2，「提交」較廣為被使用。在商務場合中，經常會有繳交文件、或是在期限內提交某物的狀況，若是在輕鬆的場合時，使用「turn in」或「hand in」就已足夠，但想要給人留下專業印象，這時候一定要學會使用「submit」。這個動詞常使用於將文件等物交給有權威之人，像是「請提交你的預算單」會說：「Please submit your estimate.」；「我提交我的履歷會比較好嗎？」則可說「Is it better for me to submit my resume?」

Questions

請試著用「submit」將下列句子換成英文。

❶ 什麼時候提交申請書比較好呢？

❷ 敝公司想要提交一份建議書。

❸ 前幾天，我從提交的報告書中發現幾個錯誤。

Answers

❶「申請書」的英文是「application form」，所以正解為：
By when do I have to submit the application form?

❷ 代表公司發言的場合，所以主詞使用「we」；「建議書」是「proposal letter」，完整句子為：
We would like to submit a proposal letter.

❸「錯誤」在這裡使用「error」較合適，正確解答為：
I found some errors in the report that was submitted the other day.

column 4

從新聞報導中，學習動詞的用法

　　暢銷於美國，且以華爾街商務人士為對象所撰寫的《給經理與行政人員的能力動詞解說書（暫譯）》❶中，提出了下列動詞，是美國人也不太會使用的動詞：

　　abandon、accept、accomplish、achieve、acquire、adjust、administer、advise、affect、allow、analyze、anticipate......

　　不可能吧！但上面的動詞對他們來說的確困難無比。正因為如此，他們為了要習慣使用方法，必須看報紙、閱讀書籍，以抓住使用的感覺。

　　以下為一篇報導❷的摘錄文章。標註顏色的單字，是希望讀者可牢記且學會使用方法的單字。即使是一段短文，也能學到不少動詞。

　　WASHINGTON – The Supreme Court on Friday agreed to decide whether all 50 states must allow gay and lesbian couple to marry, positioning it to resolve one of the great civil rights questions in a generation before its current term ends in June…

中譯

　　（華盛頓訊）美國聯邦最高法院於上周五，決定審理各州法院有無權利禁止同性婚姻，各州現有禁令是否違憲，全案將於 6 月做出裁定，屆時將決定同性婚姻能否受憲法保障，全美一視同仁施行，一舉解決這個世代以來最棘手的公民權問題之一。

註解

❶ Michael Lawrence Faulkner(2013). Power Verbs for Managers and Executives: The Technology and Power of language. Financial Times Press.

❷ Adam Liptak (2015, January 16). Supreme Court to Decide Marriage Rights for Gay Couples Nationwide. The New York Times. Retrieved from http://www.nytimes.com/2015/01/17/us/surpeme-court-to-decide-whether-gays-nationwide-can-marry.html.

PART

5

I'm developing a fever.（我好像發燒了。）
I managed to catch the last train.（總算趕上最後一班電車。）

以上兩句使用的動詞

隱含著我們沒有學過的意思

不了解的人可能覺得在胡說八道

但都是在英語母語者間頻繁出現的動詞

快把這16 個動詞學起來！

apply

[ə`plaɪ]

非常適用於某個目的

重要句型 🎧 [QR code]

❶ The rule does not **apply** to this case.
（該規則不適用於這個情況。）

❷ Can you tell me why you **are applying** for this job?
（你可以告訴我你應徵這份工作的理由嗎？）

❸ My husband **applies** wax to his car every Sunday.
（我先生每個星期天都會為車子打蠟。）

❹ **Apply** sunscreen to your skin 20 minutes before you go outside.
（請在外出前二十分鐘塗抹防曬乳。）

apply 「申請」、「塗抹」

使用「apply」這個單字，74% 都以「apply to something（適用於○○）」的形式出現，其次是「apply for something（向○○申請）」，這個意思的使用形式如同例句❷，「apply for a job（應徵工作）」、apply for a grant（申請補助金）」等。

除了上述意思，其實鮮少人知道，英語母語者在聽到這個動詞時，會想到在臉上「塗抹」化妝品或乳霜等的場景，用「apply something to~」的形式，表示「把○○塗抹在○○上」，正如例句❸、❹。像是上圖戴假睫毛（false eyelash）的插圖，也可以使用這個動詞，趕快記下來吧！

Questions

請試著用「apply」將下列句子換成英文。

❶ 那樣的形容（description）不適用於我。

❷ 我抱著姑且一試的心態，應徵了二度就業的工作（mid-career recruitment）。

❸ 為了避免疾病傳染，請塗抹防蟲藥（insect repellent）。

Answers

❶ 正確解答為：The description does not apply to me.

❷ 「抱著姑且一試的心態」可想成是「沒有什麼東西可以失去」，用「because I have nothing to lose」來表現。正解為：
I applied for the mid-career recruitment because I have nothing to lose.

❸ 「為了避免疾病傳染」可使用「to avoid infection」，正解為：
Please apply an insect repellent to avoid infection.

appreciate

[ə`priʃɪ,et]

賞識某物有價值

重要句型

1 This project aims at encouraging children to **appreciate** classical music.

（這個計畫的目的，是要讓小朋友知道古典音樂的美好之處。）

2 Why don't you take your time to **appreciate** the art and history behind Kanazawa?

（你為什麼不把你的時間拿來欣賞金澤的藝術和歷史？）

3 I **appreciate** the time and work you spent to discuss my future in business.

（我很感謝你花時間與精力，與我討論我事業的將來性。）

4 We **appreciate** having the opportunity to do business with you.

（我非常感謝有機會和您一同做生意。）

appreciate「鑑賞」、「理解某物的美好」

「appreciate」除了「感謝」，還有一個很重要的意思，就是「鑑賞」、「欣賞某物的美好」，但會活用這個意思的人似乎不多。這個意思也常用於日常對話中，例如「appreciate good wine（了解紅酒的好）」、「appreciate pictures（鑑賞繪畫）」等等。

◆ 補充重點

即使大部分人都知道「appreciate」是「感謝」意思，但還是有點難掌握其語感，似乎有些人認為，比起「thank you」，「appreciate」總讓人覺得有點跩，或是擔心用起來有點自大。其實並不需要擔心，「appreciate」在語感上與「thank you」完全相同，經常使用的形式包括了「appreciate one's time（感謝您撥出時間）」、「appreciate having the opportunity to do（很感謝有做○○的機會）」等等。

Questions

請試著用「appreciate」將下列句子換成英文。
❶ 感謝您在百忙之中，為了我們撥出時間。
❷ 他很了解日本食物的美好。

Answers

❶「感謝某人為你做了某事」可用「appreciate＋人＋doing something」的形式。完整句子我們可以理解成「在繁忙的行程中撥出時間」，所以正解為：
I appreciate your taking time out of your busy schedule for us.
❷ 正確答案為：He really appreciate Japanese food.

assign

[əˋsaɪn]

遵循規則進行分配

重要句型

❶ The plant manager **assigned** extra work.
（工廠經理分派了額外的工作。）

❷ John **was assigned** to the Singapore branch office.
（約翰被調派至新加坡分公司。）

❸ First-Year houses **are assigned** randomly.
（第一年的房子是隨機分配的。）

❹ We **assign** a number to each of our products.
（我們替每一個產品分配編號。）

assign「分配」、「分派」

　　中文常常也有「某人被指派做○○」的說法，所以「指派」的意思，相信大家都知道。但是「分配」、「分派」等意思，卻相對比較陌生，似乎不太能夠靈活運用。「assign」這個動詞經常使用的形式包括「assign a number（分配號碼）」、「assign a task（分配作業）」、「assign responsibility（分配責任）」等等。

◆ 補充重點

　　「assign」是指依循事先已經決定好的事物，套上某個人、事、物的意象，所以常與法律相關的事情，如「responsibility（責任）」、「duty（義務）」；或是可作為義務的事情，如「homework（作業）」、「task（工作）」、「role（任務）」等受詞一同使用。

Questions

　　請試著用「assign」將下列句子換成英文。
❶ 該公司全體員工都被分配了識別號碼。
❷ 他分配任務給每一個成員。
❸ 她在會議中，被指派做會議記錄。

Answers

❶ 正解為：An identification number was assigned to every employee of the company.

❷ 「分配任務」的英文是「assign a role」，所以完整句子為：
He assigned a role to each member.

❸ 「做會議記錄」為「take notes」，所以正確答案是：
She was assigned to take notes during the meeting.

charge

[tʃɑrdʒ]

用某物填充應該填滿的部分

重要句型 🎧

❶ They **charged** us $300 for the job.
（對於那份工作，他們向我們索取三百元美金。）

❷ How much do you **charge** for this product?
（這個產品你收多少錢呢？）

❸ The man has **been charged** with murder.
（那個男子被指控犯了謀殺罪。）

❹ She **is charged** with supervising the lunch break.
（她是監督午休的負責人。）

charge「充電」以外的意思

　　這也是一個常用，但多數人不會活用的典型動詞之一。一聽到「charge」這個動詞，大家腦中立刻浮現的意思，應該就是手機或電腦的「充電」。但這只不過是「charge」的其中一個意思，此外還有「請求」、「問罪」等意思。

　　雖然聽到「充電」和「請求」、「問罪」好像沒太大關係，但這些意思都有一個共通點，就是「用某物填充應該填滿的部分」。也就是說，我們可以把「請求」改成「填滿尚未付款的金額」；「問罪」換成「補償尚未補償的罪責」。與其去記憶每一個意思，不如將共通點記在腦海中，比較容易留下深刻印象。

　　另外，可以用「be charged with~」來表示「負責人」的意思，日常會話中也常把「charge」當作名詞使用，變成「be in charge of~」。若說「I am in charge here.」就表示「我是這裡的負責人」的意思。

Questions

　　請試著用「charge」將下列句子換成英文。

❶ 請向我的公司請求賠償。

❷ 他在三年前被指控有侵佔之罪。

Answers

❶「請求」的意思可用「charge」，所以完整句子是：
Please charge it to my company.

❷「be charged with something」是「被指控有○○的罪」的意思，正確解答為：
He was charged with embezzlement three years ago.

contract

[kən`trækt]

兩事物互相招引，逐漸縮短距離

重要句型

❶ We will **contract** with him for the house.
（我們將與他簽訂房子的契約。）

❷ I **contracted** with a local business to create a logo and a website.
（我與當地公司簽訂了製作公司標誌與網站的契約。）

❸ The cat **contracted** the West Nile virus from a mosquito.
（那隻貓被蚊子感染西尼羅河病毒。）

❹ Jellyfish move by expanding and then **contracting** their bodies.
（水母藉由擴張與收縮自己的身體來移動。）

apply「簽訂契約」、「感染」

　　説到「contract」，大部分人只記得名詞「contract」是「契約」的意思。但是，實際上使用動詞「contract with（簽訂契約）」的形式，卻是壓倒性的多，請務必學會這個使用方式。

　　另外，「contract」也有一個使用頻率很高、但很少人知道的意思，就是「感染（疾病）」。因為「contract」本來就帶有「招引兩個事物」的語感，所以也就孕育出「招引疾病至身體＝感染」的意思，經常使用的形式有「contract a disease（感染疾病）」、「contract an infection（感染傳染病）」等等。

◆ 補充重點

　　從「招引兩個事物」的基本意象中，也誕生了像是例句❹「使收縮」的意思。

(Questions)

　　請試著用「contract」將下列句子換成英文。
❶ 我們已經成功地與東京資訊服務公司簽約了。
❷ 全世界罹患肺結核（TB）的小孩人數，比之前所認為的多了約25%。

(Answers)

❶ 正確答案是：
We have successfully contracted with Tokyo Information Service Company.
❷ 「比之前所認為」的可用「than previously thought」表現；TB是「tuberculosis」的簡稱。完整句子為：
About 25% more children contract TB worldwide than previously thought.

develop

[dɪˋvɛləp]

一點一點打開包著的事物，逐漸顯露出內容物

重要句型

❶ If you smoke, you are more likely to **develop** lung cancer.
（如果你抽菸，你會更容易罹患肺癌。）

❷ Cold symptoms may **develop**, including a fever, sore throat, headache and muscle aches.
（感冒可能出現發燒、喉嚨痛、頭痛，及肌肉疼痛等症狀。）

❸ Young people are good at **developing** networks around themselves.
（年輕人善於在自己周圍建立（人際）網路。）

❹ His muscles **are developing** by exercising every day.
（他藉由每日運動雕塑肌肉。）

develop「罹病」

　　「develop」有個許多人都不太知道的意思，就是「罹患（疾病）」、「出現（症狀）」。這個詞彙中含有像是疾病般不受歡迎的負面語感，以及發展、成長等正向的語感。在「罹患（疾病）」的意思中，常使用的形式有「develop a high fever（發高燒）」、「develop cancer（罹患癌症）」等等。

◆ 補充重點

　　「grow」同樣擁有「成長」、「發展」的意思，但「develop」帶有「變成更強、更高的事物」的意象，而「grow」則有「增加尺寸或數量」的感覺。

> Questions

　　下列句子中，何者正確？
❶ 肺炎可能會因為某種感染症而引起。
　　A：Pneumonia can grow in the lungs from an infection.
　　B：Pneumonia can develop in the lungs from an infection.
❷ 她女兒的口說能力適當地成長。
　　A：Her daughter's speaking ability is growing appropriately.
　　B：Her daughter's speaking ability is developing appropriately.

> Answers

❶ 因為是「出現症狀、罹患疾病」的意思，答案應為使用「develop」的 B 句。
❷「能力成長」並非尺寸或數量的增加，所以正解是使用「develop」的 B 句。相反地，若要表達「手機市場正在成長」，就說「The mobile phone market is growing.」

entertain

[ˌɛntɚˈten]

款待

重要句型

❶ They **entertained** the family at dinner.
（他們招待那個家庭吃晚餐。）

❷ Everyone **was entertained** by his wonderful magic tricks.
（大家都享受他精采的魔術。）

❸ We **entertained** a suspicion that Joanne cheated on her husband with another man.
（我們對於喬恩是不是背著丈夫外遇抱持著疑惑。）

❹ Have you **entertained** the thought of being a flight attendant so that you could get the free miles?
（你有沒有想過若當上了空服員，就可以免費累積哩程數了？）

entertain「招待」、「抱持～心情」

　　雖然我們經常使用「entertainment（娛樂表演）」這個名詞，但其實並不太了解「entertain」這個動詞，除了「使～歡樂」，還有別的意思。首先要記住「招待」的意思，例如：「She entertained her friends at tea.（她招待她的朋友們喝茶）」根據使用方法的不同，有時候意思會與「invite」相同。

　　此外，這個動詞也有「抱持著（疑惑或幻想）的心情」的意思，例如：「entertain a/the doubt（抱持著可能不是那樣的心情）」、「entertain a/the hope（抱持希望）」、「entertain an/the idea（抱有想法）」、「entertain a/the notion（抱持見解）」等等，特別是用在「認真且正經地」抱持著某個心情的時候，出現於正式文章中的頻率高到難以數計。

Questions

　　請試著用「entertain」將下列句子換成英文。

❶ 今晚我招待大家到我家吃飯。

❷ 你至今為止都沒有認真想過，會不會是自己搞錯了呢？

Answers

❶ 我們可以使用「entertain」作為「招待」或「款待」的意思，所以正確答案是：

I'd like to entertain all of you at dinner at my house tonight.

❷「會不會是搞錯了」可用假設方法「could be wrong」來表現。正解為：

Have you ever entertained the thought that you could be wrong?

follow

[`falo]

跟在後面前進

重要句型

❶ Just **follow** this street to the first intersection and turn right.
（只要沿著這條路走到第一個路口右轉。）

❷ He did not **follow** my friendly advice.
（他沒有聽從我友好的建議。）

❸ Would you speak more slowly? I can't **follow** you.
（可以請您說慢一點嗎？我跟不上。）

❹ All of us will **follow** you wherever you may go.
（無論你去哪，我們全都會跟隨你。）

follow「理解」

　　很多人都知道「follow＝跟從」的意思，但實際上在會話中最常使用的意思是「理解」，也就是「跟得上對方説的話」。舉例來説，在會議或展演途中，想確認大家的反應時，通常會説：「Do you follow me?（了解嗎？）」這樣問話，即使是對上司也不會留下失禮的印象。另外，對於這個問題，你可以回答説：「Yes, I follow you.（沒問題，我跟得上）」、「Sorry, I missed your point.（不好意思，我漏了一個重點）」、「I am lost.（有點不了解）」。

◆ 補充重點

　　大家不妨把「I will follow you.（我會跟隨你）」一同記起來，這原本是向神或主人説「我會追隨你至天涯海角」時使用的詞彙，但也常使用於要向主管或是領導者表達忠誠心的時候，意思像是「我支持你」、「我替你加油」等等。

Questions

　　請試著用「follow」將下列句子換成英文。
❶ 那部電影，我從中途就跟不太上他們在説什麼了。
❷ 雖然上司很嚴厲，但我打算跟隨他到天涯海角。

Answers

❶ 「中途」可以使用「in the middle of the movie」表達。完整的句子為：
I couldn't follow the story in the middle of the movie.
❷ 「嚴厲」可以想成是「要求很多」，所以使用「demanding」。正確答案為：
Though my boss is demanding, I will follow him anywhere.

locate

[lo`ket]

確定各個地方

重要句型 🎧

❶ The owner decided to **locate** his new shop in Franklin Lakes.

（老闆決定把自己的新店，開在富蘭克林湖。）

❷ Could you **locate** Mt. Fuji from here this morning?

（你今早可以從這裡看到富士山嗎？）

❸ Can you **locate** him?

（你知道他現在在哪嗎？）

❹ We **located** the cause of the problem with a two-step process.

（我們用兩階段的方法查明問題。）

locate「找出」、「查明」

大家可能會對「Large shopping malls are usually located in suburban areas of the city.（大型購物中心通常位在都市的郊區）」這樣的句型感到熟悉，這就是「locate」最常被使用的形式，用「be located (in/on/at)＋場所」來表達「～在○○」的意思。「locate」本來的意思就是「確定場所」，從這個意思中可以衍伸出「找出」、「查明」所在地、場合、原因等意思。另外，像是「locate the cause（查明原因）」、「locate the defect（找出缺陷）」、「locate where someone is（推斷出某人的所在地）」等表現形式，雖然在學校幾乎沒學過，但其實在英語為母語者之間是經常被使用的表現方式。

Questions

請試著用「locate」將下列句子換成英文。

❶ 敝公司的東京辦公室位在市中心。

❷ 從龐大的資料中，終於查明問題的原因。

❸ 我現在不知道我的手機在哪裡。

Answers

❶「市中心」除了「inner city」，還可以説成「downtown」、「center of the city」、「heart of the city」。正確答案為：
Our Tokyo office is located in the inner city.

❷「龐大的資料」可以解釋為「瀏覽龐大的資料（go through enormous amounts of data）」，完整句子可以表現為：
After going through enormous amounts of data, we finally located the cause of the problem.

❸「手機」的英文是「cell phone」，所以正解為：
I cannot locate my cell phone now.

manage

[ˋmænɪdʒ]

操縱難以駕馭的事物

重要句型

❶ I **managed** to complete the whole project in three months.
（我僅花三個月就完成了這整個專案。）

❷ How do you **manage** to stay so slim?
（你是如何維持這麼纖細的身材呢？）

❸ Please try to **manage** your time to complete this task by noon.
（為了在中午搞定這個工作，能不能請你試著規劃你的時間？）

❹ I will **manage** without a washing machine for a while.
（我想我可以適應沒有洗衣機的日子。）

manage「想辦法做○○」、「將就」

　　我們經常使用「manager」、「management」這兩個單字，所以一說到「manage」大部分的人就直接想到「經營、管理」的意思。但是這個動詞在實際會話中，常常被當作是「manage to do（想辦法做○○）」的意思。例如，對於行程排得很滿的人，可以說：「Can you manage to come tomorrow?（你明天能想辦法過來嗎？）」這個詞彙語感的重點是「想辦法剛好達成困難的、或一直以來拚命在做的事情」。

　　另外，像是要表達「不需要原子筆了，我用鉛筆將就一下」的時候，也可以用這個動詞，說：「I don't need a pen. I can manage with a pencil.」。如果能學會「manage」的用法，那麼英文馬上就會變得跟英語為母語者一樣。

Questions

　　請試著用「manage」將下列句子換成英文。

❶ 總算趕上最後一班電車了。

❷ 因為投影機不能動，我可以不用投影片發表。

Answers

❶「最後一班電車」的英文是「the last train」，所以用「manage to do（想辦法做○○）」的形式，完整句子為：
I managed to catch the last train.

❷ 這似乎是在商務場合中會碰到的場景。正解為：
The projector doesn't work. I can manage to make a presentation without slides.

manufacture

[ˌmænjə`fæktʃɚ]

動手製作某物

重要句型

❶ His company **manufactures** home appliances.
（他的公司製造家電產品。）

❷ Our company **manufactures** over 18 different automotive products.
（我們公司製造十八種不同的汽車零件。）

❸ The FBI was believed to have **manufactured** evidence.
（美國聯邦調查局被認為捏造證據。）

❹ The prosecutor violated the law by **manufacturing** false evidence.
（檢察官因捏造假證據而違反法律。）

manufacture「捏造」、「假造」

大家對於「manufacture」是「製造」的意思一定感到很熟悉，但這個動詞偶爾會作為「捏造」、「假造」的意思來使用，像是捏造謊話、藉口或是證據等等。「fabricate」這個動詞有著「試圖騙人而捏造」的意思，與「manufacture」擁有相同的語感。「找藉口」雖然可以説「manufacture an excuse」，但會給他人誇飾的印象，因此在日常的會話中通常使用「make an excuse」。

◆ 補充重點

除了「manufacture」，「製作」、「製造」，還有「make」、「produce」、「create」等動詞可以使用。若把它們不同之處做個簡單的整理，「make」是「小規模地用手製作」、「produce」是「為了販售而製作、自然之中誕生」；「create」則是「製作新的、原創的物品」的語感。

Questions

請試著用「manufacture」將下列句子換成英文。
❶ 他捏造了飛盤的故事。
❷ 我打算安排一個假行程。
❸ 這個商品將會在海外製造。

Answers

❶ 「飛盤」的英文是「flying saucers」，所以完整句子為：
He manufactured a story about flying saucers.

❷ 「假行程」可以用「a false schedule」表現，正解為：
I'm going to manufacture a false schedule.

❸ 「海外」用「overseas」就可以。正確答案為：
This product will now be manufactured overseas.

organize

[ˋɔrgəˏnaɪz]

有系統地確實匯總某事物

重要句型 🎧

❶ She has decided to **organize** a new dance club.
（她決定組成一個新的舞蹈社。）

❷ I'd like to thank Emily for **organizing** this party tonight.
（我要感謝艾米莉籌劃了今晚的派對。）

❸ I spent the afternoon in the office trying to **organize** all the files on my computer.
（我花了一下午在辦公室，試圖整理我電腦裡的所有文件。）

❹ I need to **organize** all the data to prepare a report.
（為了要編寫一份報告，我需要統整所有的資料。）

organize 「統整」、「準備」

　　很多人對於這個動詞的名詞形式「organization（組織）」感到熟悉，但很少人能活用它的動詞。英語母語者最常使用的意思就是「統整」，例如：「organize an opinion（統整意見）」、「organize ideas into a book（把構想統整成書籍）」、「organize documents（統整文件）」，不論是哪一句，都有「有系統地確實匯總某事物」的感覺。這個詞彙使用的範圍十分廣泛，從日常會話到商務場景，都能聽得到。

　　另一個英語母語者常使用的意思，就是「準備」。舉例來說，「準備旅行」就是「organize a trip」、「準備派對」就是「organize a party」、「準備罷工」則是「organize a strike」。特別留意「organize」這個詞彙的語感，不是個人且小規模的事物，而是準備一項多人參與的事物。例如要表達「準備會議的議題」時，「organize an agenda」會比「prepare an agenda」來得自然。

Questions

　　請試著用「organize」將下列句子換成英文。

❶ 請把構想統整一下，並用一張幻燈片展示。

❷ 可以把需要的資料，整理後寄給客戶嗎？

Answers

❶ 「統整構想」的英文是「organize ideas」；幻燈片為「slide」，所以正確答案是：

Please organize your ideas and present them on a slide.

❷ 「需要的資料」可用「necessary data」（若是紙類資料，可使用「necessary documents」），整體為：

Could you organize the necessary data and sent it to the client?

prepare

[prɪ`pɛr]

準備接下來的事物

重要句型 🎧

❶ He told me that he **was prepared** for the test.
（他告訴我他已經做好考試的覺悟了。）

❷ Planning is the best way to **prepare** for the unexpected.
（計畫才是為意外做準備的最好方法。）

❸ Please **be prepared** for the shocking news.
（因為有個令人震驚的新聞，所以請做好心理準備。）

❹ My grandma says now is the time to **prepare** for spring's arrival with tulips.
（我的祖母說，現在差不多是為迎春做準備的時候了。）

prepare 「做心理準備」、「覺悟」

「prepare」最廣為人知的是「prepare a document（準備文件）」、「prepare vegetables（預先準備蔬菜）」、「prepare a meal（準備餐點）」等「準備物品」的意思，但卻不都知道「prepare~」與「prepare for~」的差別。例如「prepare the exam」與「prepare for the exam」，前者是「（舉辦考試者）做考試題目的準備」，後者是「（應試者的）準備考試」。

此外，大家比較不熟悉的，就是「做心理準備」、「覺悟」等意思。使用這些意思的形式包括「Be prepared!（充分準備吧！）」、「prepare oneself for something（做好○○的覺悟）」、「prepare for the worst（做好最壞的打算）」、「prepare for emergencies（以備不時之需）」等等。

Questions

請試著用「prepare」將下列句子換成英文。
❶ 做好可應對任何事態的覺悟。
❷ 經營者必須隨時做好最壞的打算。
❸ 她已經做好接受新職位的準備。

Answers

❶ 「任何事態」可以用「for any situation」表現，正解為：
I will be prepared for any situation.
❷ 「經營者」的英文是「manager」，「做好最壞的打算」則是「prepare for the worst」，所以正確答案是：
Managers should always be prepared for the worst.
❸ 「新職位」是「new position」，完整句子為：
She is prepared for the new position.

provide

[prə`vaɪd]

為了將來做防備

重要句型 🎧 ▦

❶ I will **provide** you with all the information.
（我會為您提供所有的訊息。）

❷ Our boss will **provide** us funding for a year-end party!
（我們的上司會為我們提供年終派對的資金！）

❸ Bears **provide** for the long cold winter by eating a lot.
（熊藉由大量攝取食物來防備長久的寒冬。）

❹ We cannot **provide** against every contingency, but we can provide against many contingencies.
（我們不可能對所有意外做好準備，但我們可以做好很多緊急事態的準備。）

provide「準備」、「防備」

「provide」最家喻戶曉的用法，就是例句❶、❷ 中擁有「提供」、「供給」的意思。除此之外，「provide」還有「為了將來做防備」的意思，而這個意思也常被拿來使用，例如「provide for one's old age（防老）」、「provide against emergencies（以防萬一）」等形式。

◆ 補充重點

意思同為「供給」的詞彙，還有「supply」。「provide」的語感是「提供更好的事物」，相對地「supply」則是「提供不足的部分」，請讀者思考一下下列問題❷ 的不同之處。

Questions

下列文章中，何者正確？

❶ 我們準備了指導手冊，以防範災害發生等非常時期。

A：We have provided a guidance manual against crises and disasters.

B：We have provided a guidance manual for crises and disasters.

❷ 東側的房間提供您出色的山景。

A：The east side rooms supply a great view of the mountain.

B：The east side rooms provide a great view of the mountain.

Answers

❶ 「防範（不好的事情）」的情況下使用「against」會比較適當，所以正確答案是 A 句。若使用「for」，句子的意思會變得像是期望災害發生。

❷ 「提供更好的事物」的意思，所以「provide」會比「supply」更適合，正確答案是 B 句。

support

[sə`port]

從下面支撐

重要句型

❶ He had a duty to **support** his family financially.
（他是一家的經濟支柱。）

❷ All permanent residents must show that they are able to **support** themselves.
（所有永久居民，必須證明他們有能力養活自己。）

❸ How can you deal with people who don't **support** your career?
（你怎麼能與那些不支持你工作的人來往？）

❹ I **support** Ken's opinion that we ought to end this meeting now.
（我贊成肯的意見，我們應該要立即結束這個會議。）

support「扶養」

　　除了「支撐」，大家普遍不知道「support」還有「扶養」的意思，這個用法在英語為母語者之間使用的頻率相當高。除了「He supports a large family.（他扶養一個大家庭）」、「He has a wife and two children to support.（他有妻子和兩個小孩要養）」等使用方法之外，「support oneself（養活自己）」等表現也很常被使用。

◆ 補充重點

　　對於被指派了工作的同事或是主管，我們可說：「I support your job.（我支援你的工作）」。除了用在工作，當想要提倡某個想法、假設、理論時，「support」也常作為「證明」、「作證」的意思來使用，例如「The results from the lab procedures fully support your hypothesis.（根據實驗室程序進行的結果，100% 證實了你的假設）」。

Questions

　　請試著用「support」將下列句子換成英文。

❶ 你扶養幾位家人？
❷ 我支持你的意見。

Answers

❶ 正確答案為：How many people do you support in your family?
❷ 正解是：I support your opinion。

suppose

[sə`poz]

推想何事物為真

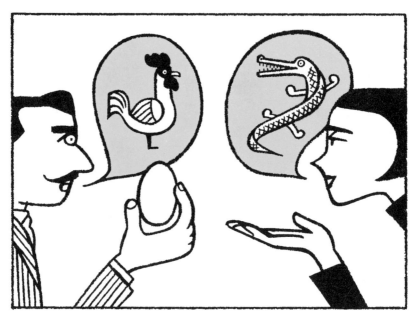

重要句型

❶ I **suppose** you don't belong here.
（我想這裡不是你該來的地方。）

❷ What do you **suppose** happened here?
（你認為這裡發生了什麼事情？）

❸ She **is supposed** to be here by now.
（她應該就快要到了。）

❹ No one **is supposed** to do anything unless instructed by the manager.
（只要經理沒有下達指示，無論是誰都不會做任何事情。）

suppose「我想應該是○○」、「預計～」

　　如果只記得「suppose」是「假想、假設」這個意思，那這個動詞往往在會話中很難派得上用場。事實上，「suppose」在日常生活中經常當作「我想應該是○○」的意思來使用，語感上與初級動詞「guess」相同，推測的力道很薄弱，像是「雖然沒有證據、也不是很確定，但就是這麼認為」。

　　就此而言，「I guess so.」與「I suppose so.」都是「可能是這樣吧！」的意思，所以可以把它們想成是相同的。「認為」也不僅有「think」，還有第八十四頁的「presume」與「assume」、第一百零六頁的「consider」等等，要學會依據確信的程度強弱，使用不同動詞，讓句子的層次變得更豐富。

　　若使用「be supposed to」的形式，意思就變成例句❸、❹一樣——因為「義務、規則、約定等」而「應該會做○○」或「預計～」。若能自由地使用這些表現方式，就能給他人更加幹練的印象。

Questions

　　請試著用「suppose」將下列句子換成英文。
❶ 雖然沒有實際碰過面，但我認為他很優秀。
❷ 團隊的成員會在今日下午的會議中聚集。

Answers

❶ 「優秀」的英文是「brilliant」或「excellent」，正確答案為：
Although I have never met him, I suppose he is brilliant.

❷ 使用「be supposed to（預計～）」，完整句子為：
Team members are supposed to gather at the meeting this afternoon.

越「認真學英文者」越容易掉入陷阱

在日常生活中，向第一次見面的人自我介紹，請問使用 A 句或 B 句比較好呢？

A：Hello. How are you? My name is Ken Oda.
B：Hi. How're you doing? I'm Ken.

兩句都是「正確的英文」，無論是文法或詞彙，都沒有錯。但若是平常的對話，絕對是 B 句比較好。

A 句就像會出現在國中英文課本上的正確例句，也是大部分人在第一次與英語為母語者見面交流時，會使用的表現方式。但若是使用 A 句，英語為母語者有時會感到非常不自然。因為他們會認為在普通的談話中，突然有人用像是新聞記者播報新聞的方式來回應他，好像在自己與對方的中間築起了一道牆。即使之後再繼續交流，也難以打破這道牆壁。

打招呼是人際關係的入口，所以切記不能讓對方感到緊張，讓對方感受到輕鬆與自然，比什麼都重要。自我介紹後，要向對方說「請多指教」的時候也是一樣，與其使用像教科書上寫的範例英文，像是「It's nice to meet you.」或是「I'm pleased to meet you」，不如使用英語為母語者所習慣的「Nice to meet you」或是「Pleased to meet you」這種省略的文型會比較好。

結語

從中級動詞開始扎根，進而提升整體素養

　　日本網路辭典「英辭郎」以大約兩百萬人、查詢次數約十億次為樣本，做了一項單字查詢排行榜的調查，結果顯示英日辭典查詢最多的單字是「provide」，第二名是「confirm」，第三名是「appreciate」，第四名是「apply」，第五名是「assume」。這五個單字全都出現在這本書中，也全都是大家在考試時背在腦裡，卻不知道語感及使用方式的動詞。

　　我認為，對於認真學習英文的人而言，最大的瓶頸似乎就是中級程度的動詞。現在英語教育的方針開始「重視溝通」，「只需活用簡單單字」的風潮也越來越強烈。若想要用英文溝通，只要活用初級程度約1200～1500 個詞彙就夠了。

　　但是，有些人在工作或是研究中，不得不使用中級程度的英文，因此無法只安逸於初級程度。讀完這本書之後，除了實用的詞彙，也請務必增加文學、哲學等學術性的詞彙量。這也是要與國外有教養的人對等談話，或是加深友好程度所必須具備的能力。

　　英語為母語者且有教養人士認為，人們的詞彙能力，與教養、品格相互影響。為了學會有教養的動詞，就讓我們先從書中所記載的101個中級動詞開始扎根。雖然乍看之下，這好像在繞遠路，但其實這是一條捷徑。希望讀者可以把這本書當作墊腳石，掌握高教養程度的英語，並與全世界的菁英商務人士交流。

阿部一

輕鬆學系列 029

讓英文瞬間變強的101個動詞

不再死背單字，用對動詞，就能掌握80%的句意

ちゃんと伝わる英語が身につく 101動詞

作　　　者	阿部一
譯　　　者	吳易尚
總 編 輯	何玉美
副總編輯	李嫈婷
責任編輯	鄧秀怡
封面設計	比比司設計工作室
內文排版	思思

出版發行	采實出版集團
行銷企劃	黃文慧・鍾惠鈞・陳詩婷
業務經理	林詩富
業務副理	何學文
業務發行	張世明・吳淑華・林坤蓉
會計行政	王雅蕙・李韶婉
法律顧問	第一國際法律事務所　余淑杏律師
電子信箱	acme@acmebook.com.tw
采實粉絲團	http://www.facebook.com/acmebook

I S B N	978-986-93718-8-9
定　　　價	320元
初版一刷	105年12月
劃撥帳號	50148859
劃撥戶名	采實文化事業股份有限公司
	104台北市中山區建國北路二段92號9樓
	電話：(02) 2518-5198
	傳真：(02) 2518-2098

國家圖書館出版品預行編目(CIP)資料

讓英文瞬間變強的101個動詞：不再死背單字，用對動詞，就能掌握80%的句意 / 阿部一作；
吳易尚譯. -- 初版. -- 臺北市：采實文化, 民105.12
　　面；　公分
譯自：ちゃんと伝わる英語が身につく 101動詞
ISBN 978-986-93718-8-9（平裝）

1. 英語　2. 動詞

805.165　　　　　　　　　　　　　　　　　　　　　　　105019671

CHANTO TSUTAWARU EIGO GA MINITSUKU 101DOUSHI
by Hajime Abe
Copyright © 2015 Hajime Abe
Traditional Chinese translation copyright © 2016 by ACME PUBLISHING Ltd.
All rights reserved.
Original Japanese language edition published by Diamond, Inc.
Traditional Chinese translation rights arranged with Diamond, Inc.
through CREEK&RIVER CO., LTD.

采實文化 ACME PUBLISHING　采實文化事業有限公司

104台北市中山區建國北路二段92號9樓

采實文化讀者服務部　收

讀者服務專線：02-2518-5198

讓英文瞬間變強的
101個動詞
ちゃんと伝わる英語が身につく101動詞

專用回函系列

系列：輕鬆學 029

讓英文瞬間變強的101個動詞

不再死背單字，用對動詞，就能掌握80%的句意

讀者資料（本資料只供出版社內部建檔及寄送必要書訊使用）：

1. 姓名：＿＿＿＿＿＿＿＿＿＿

2. 性別：□男　□女

3. 出生年月日：民國 ＿＿＿＿ 年 ＿＿＿＿ 月 ＿＿＿＿ 日（年齡：＿＿＿＿ 歲）

4. 教育程度：□大學以上　□大學　□專科　□高中（職）　□國中　□國小以下（含國小）

5. 聯絡地址：＿＿＿＿＿＿＿＿＿＿＿＿＿＿＿＿＿＿＿＿＿＿＿＿＿＿＿＿＿＿＿＿

6. 聯絡電話：＿＿＿＿＿＿＿＿＿＿＿＿＿＿＿＿＿＿＿＿＿＿＿＿＿＿＿＿＿＿＿＿

7. 電子郵件信箱：＿＿＿＿＿＿＿＿＿＿＿＿＿＿＿＿＿＿＿＿＿＿＿＿＿＿＿＿＿＿

8. 是否願意收到出版物相關資料：□願意　□不願意

購書資訊：

1. 您在哪裡購買本書？□金石堂（含金石堂網路書店）　□誠品　□何嘉仁　□博客來
　　□墊腳石　□其他：＿＿＿＿＿＿＿＿＿＿＿（請寫書店名稱）

2. 購買本書日期是？

3. 您從哪裡得到這本書的相關訊息？□報紙廣告　□雜誌　□電視　□廣播　□親朋好友告知
　　□逛書店看到　□別人送的　□網路上看到

4. 什麼原因讓你購買本書？□喜歡料理　□注重健康　□被書名吸引才買的　□封面吸引人
　　□內容好，想買回去做做看　□其他：＿＿＿＿＿＿＿＿＿＿＿＿＿＿＿＿（請寫原因）

5. 看過書以後，您覺得本書的內容：□很好　□普通　□差強人意　□應再加強　□不夠充實
　　□很差　□令人失望

6. 對這本書的整體包裝設計，您覺得：□都很好　□封面吸引人，但內頁編排有待加強
　　□封面不夠吸引人，內頁編排很棒　□封面和內頁編排都有待加強　□封面和內頁編排都很差

寫下您對本書及出版社的建議：

1. 您最喜歡本書的特點：□實用簡單　□包裝設計　□內容充實

2. 您最喜歡本書中的哪一個章節？為什麼？
＿＿＿＿＿＿＿＿＿＿＿＿＿＿＿＿＿＿＿＿＿＿＿＿＿＿＿＿＿＿＿＿＿＿＿＿＿＿＿
＿＿＿＿＿＿＿＿＿＿＿＿＿＿＿＿＿＿＿＿＿＿＿＿＿＿＿＿＿＿＿＿＿＿＿＿＿＿＿

3. 您最想知道哪些關於學習的觀念？
＿＿＿＿＿＿＿＿＿＿＿＿＿＿＿＿＿＿＿＿＿＿＿＿＿＿＿＿＿＿＿＿＿＿＿＿＿＿＿
＿＿＿＿＿＿＿＿＿＿＿＿＿＿＿＿＿＿＿＿＿＿＿＿＿＿＿＿＿＿＿＿＿＿＿＿＿＿＿

4. 未來，您還希望我們出版哪一類型的書籍（人際溝通、說話技巧、理財投資等）？
＿＿＿＿＿＿＿＿＿＿＿＿＿＿＿＿＿＿＿＿＿＿＿＿＿＿＿＿＿＿＿＿＿＿＿＿＿＿＿
＿＿＿＿＿＿＿＿＿＿＿＿＿＿＿＿＿＿＿＿＿＿＿＿＿＿＿＿＿＿＿＿＿＿＿＿＿＿＿